www.bbulmedia.com

絕世狂人

절세
광인

절세
광인

1판 1쇄 찍음 2014년 5월 26일
1판 1쇄 펴냄 2014년 5월 29일

지은이 | 곤 붕
펴낸이 | 정 필
펴낸곳 | 도서출판 뿔미디어

편집장 | 이재권
기획 · 편집 | 윤영상

출판등록 | 2002년 9월 11일 (제1081-1-132호)
주소 | 경기도 부천시 원미구 상동로 117번길 49(상동) 503호 (우)420-861
전화 | 032)651-6513 / 팩스 032)651-6094
E-mail | bbulmedia@hanmail.net
홈페이지 | http://bbulmedia.com

값 8,000원

ISBN 979-11-315-1160-2 04810
ISBN 979-11-315-1159-6 04810 (세트)

目次

	서(序)	7
제1장	전생(轉生)	13
제2장	적응(適應)	45
제3장	진화(進化)	95
제4장	전진(前進)	163
제5장	출외(出外)	199
제6장	탈피(脫皮)	229
외전 1	싸이코패스의 탄생	287

서(序)

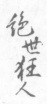

　"대도물산의 대표이사 노씨가 사라진 것은 지난 20XX년 X월 X
일⋯⋯."

　동봉수는 여느 때와 마찬가지로 취미 생활을 끝내고 청
소를 하는 중이었다. 피가 흘러내리지 않게 바닥에 깔았던
비닐을 잘 싸서 쓰레기통에 버렸다.

　그리고는 취미의 결과물인 뚱뚱한 시체를 냉동고 구석에
가서 예쁘게 정렬시켰다.

　이미 냉동고에는 뚱보의 고참 시체들이 줄지어서 누워
있었다. 지금은 신참이지만, 저 시체도 조만간에 고참이 될
것이다.

　"경찰은 노씨의 행방을 추적하는 한편, 그가 횡령한 회사자금
을⋯⋯."

스마트폰을 통해 흘러나오는 뉴스는 방금 냉동고 식구가 된 뚱보에 대한 소식이었다. 동봉수가 그를 타겟으로 삼은 이유는 별거 없었다. 저 뚱보가 단순히 '육식동물'이었기 때문이었다.

대부분의 인간은 초식동물이다.

자기의 영역을 침탈당해도 허허 웃어 넘기고, 남에게 폭력을 당해도 상대가 강하다면 그때뿐. 참는 게 일상인 동물.

하지만 육식동물들은 주도적으로 사냥을 하고, 상대를 공격해 잡아먹고 죽인다. 그리고 다른 경쟁자가 도전해 오면 물어뜯어 숨통을 끊는다. 피라미드의 정점에 도달한 사자나 호랑이가 그렇듯이 말이다.

동봉수는 최상위 포식자로서 그런 육식동물을 공격해 죽이는 걸 즐겼다. 그의 유일한 삶의 이유였고 취미생활이었다.

"경찰은 수사 과정에서 노씨의 집 지하실에서 쇠사슬에 결박된 십여 명의 여자들을 발견했습니다. 이들은 발견 당시 모두 혀가 잘려 말을 하지 못하는 상태였고…… 국과수에서…… 모두 몇 년 전 실종된 여아였던 걸로 판명되었으며……."

냉동고의 철문을 닫음으로써 청소가 끝났다.

동봉수는 여전히 스마트폰에서 흘러나오는 뉴스를 들으며 창고를 벗어났다.

그때 방금 죽은 뚱보 신참 노씨에 대한 뉴스가 끝이 나고 새로운 뉴스가 흘러나왔다.

"다음 뉴스입니다. 최근 개발된 가상현실 게임의 폐해로 살인사
건이 증가했다는 주장이 제기되어 학계의 주목을 받고 있습니
다……."

"……."

탁.

계단을 딛고 올라서던 동봉수의 걸음이 멈췄다.

뉴스는 아나운서에서 기자. 기자에서 다시 전문가에게로
넘어가고 있었다.

"무림 온라인은 지금 즉시 서비스를 중지하거나, 과도한 현실과
의 싱크로, 즉, 동기화가 불가능하게 조정이 돼야 합니다. 피가 난
무하고 손발과 목이 잘리는 모습을 무분별하게 생생하게 보여 줌으
로써 어린 학생들과 미성숙한 어른들의 살인 충동을 자극합니다.
이는 실제 살인 사건과 연계될 가능성이 아주 높으며……."

뉴스가 새로운 사냥감에 대해 알려 주는 건 흔히 있는 일
이었다. 하지만…….

"재미있겠군."

새로운 사냥터를 알려 주는 일은 처음 있는 일이었다.

동봉수는 뉴스가 끝날 때까지 한참을 서서 스마트폰을
뚫어지라 주시했다. 뉴스가 끝난 후, 그는 자신의 방으로
돌아가서 한 가지 물건을 인터넷 주문했다. 그것은 바
로…….

무림 온라인 캡슐이었다.

第一章

진생(轉生)

絶
世
狂
人

이 문을 지나는 자, 모든 희망을 버려라.

— 단테 〈신곡〉, 지옥편에서

* * *

사신(死神) 벨테루크는 심심했다.

할 일이 없어서는 아니었다. 일이야 넘치고 넘쳤다. 지금도 할 일이 산더미였지만, 그저 잠깐의 여유를 부리고 있을 뿐이었다.

사신들의 주업무는 수명이 다한 사람들의 영혼을 수거하는 일이었다.

죽은 자 혹은 죽을 자, 그것도 아니면 죽어야만 하는 자를 찾아 영혼의 끈을 끊는 일. 그것이었다.

딱히 그 일에 불만이 있는 건 아니었다.

단지, 매일 똑같은 일의 반복이 지루할 따름이었다. 신이라고 해서 사람들과 다른 특별한 건 없다. 신들도 인간이 느끼는 감정 대부분을 느낀다. 다만, 각자의 업무에 따라 특정한 감정을 느끼지 못하거나 좀 더 강렬하게 느끼는 감정이 다를 뿐이었다.

인간들이 생각하는 유일 창조신이나 완벽한 신? 그런 건 없다. 아니, 있을지도 모르지만, 최소한 벨테루크가 아는 한도 내에서는 존재하지 않았다.

인간과 신—벨테루크가 아는 한에서의—의 차이는 고작 수명과 업무의 차이? 굳이 덧붙이자면, 강함의 차이 정도를 더 들 수 있었다.

하지만 이도 절대적인 차이는 아니었다.

때로는 인간들 중에서도 수련을 통해 신의 영역까지 넘보는 녀석들도 있었다.

그들은 그 수명이 엄청나기도 하고 강함도 신에 필적한다. 그런 자들의 영혼은 사신들이 쉽게 회수하지 못할 정도다.

일반적으로, 이런 일이 벌어지면 사신들은 골머리를 앓고는 한다.

심한 경우 명계 전체에 비상이 걸릴 때도 있다. 그렇지만 벨테루크는 예외였다. 그는 이 만년설과 같은 지루함을 없 앨 수만 있다면 오히려 그런 사건이 벌어졌으면 좋겠다고 생각했다. 지금도 그렇고 말이다.

하지만 그런 일은 수만 년에 한번 일어날까 말까.

'오늘도 그런 사건은 일어나지 않겠지.'

벨테루크는 늘 그랬듯이 사신 명부를 꺼내 들었다. 명부 를 보자마자 하품이 나왔다. 정말 지겹기는 지겨운 모양이 다. 그래도 사신으로서의 업무를 미룰 수는 없었다.

괜히 업무를 태만히 하다가 소멸을 당하면 그것만큼 어 이가 없는 일은 없을 테니까 말이다.

그는 하품을 크게 하면서 사신명부를 펼쳤다.

3789028376.

사신명부 맨 상단에 적힌 사신 숫자. 오늘의 첫 번째 고 객이다.

이전에 110차원계의 영혼을 회수했었으니, 이번에는 무 조건 111차원계일 것이다. 그는 차원계 번호는 제쳐놓은 채 다시 한 번 번호를 확인했다.

3789028376.

벨테루크는 사신 명부를 신공간(神空間)에 넣고는 사신

전용 단말기를 꺼냈다.

삐삐빅—

그의 가벼운 손놀림과 함께 주변 풍광이 순식간에 변했다.

명계(冥界)에서 111차원계로 순간이동을 한 것이었다. 벨테루크는 다시금 단말기를 조작해 3789028376번 영혼이 있는 곳을 검색했다.

대한민국 서울특별시 강남구 XX동 XX빌라.

그는 단말기가 가리키는 곳으로 날아갔다. 온갖 탐욕스러운 감정이 밀집된 강남구 내부를 지나 목적지에 도착했다. 오늘의 첫 고객이 사는 건물은 외관이 깔끔한 빌라였다.

"으하암—"

벨테루크는 무료함에 감기려고 하는 눈을 사신낫으로 한번 쿡 찌르고는 빌라 안으로 들어섰다.

건물 내부는 외부만큼이나 깨끗했다.

꽤 큰 빌라에 3789028376번 영혼의 주인 혼자 사는지, 다른 영혼의 움직임은 전혀 느껴지지 않았다.

그는 영혼의 파동이 느껴지는 빌라의 가장 위층인 5층으로 향했다.

벽을 통과해 안으로 들어가니 3789028376번 영혼의 주인이라고 추정되는 자가 이상하게 생긴 의자에 앉아 있었다.

또 저건가?

벨테루크는 저 사방이 밀봉된 검은색 의자가 무엇인지 알고 있었다. 그것은 가상현실 게임 캡슐이라는 것이었다.

어떻게 인간들한테 그러한 능력이 있는 것인지는 모르겠지만, 그들은 가상현실이라는 새로운 차원계를 만들었다. 물론 진짜 차원계와는 구별되는 하위 개념의 차원계였으나 놀라운 건 놀라운 것이었다.

가상현실은 영혼이 직접 속하지는 못한다. 하지만 진(眞) 차원계에 속한 영혼들이 저 캡슐이라는 것을 매개로 해서 들락날락할 수 있었다.

비록 인간들 스스로는 그걸 인지하지 못하고 있었지만, 그들의 영혼이 출입을 하고 있다는 걸 사신들은 잘 알고 있었다.

벨테루크는 캡슐의 벽을 뚫고 안으로 들어갔다.

평범한 얼굴에, 평범한 체격 조건을 가진 지극히 평범한 남자가 가상현실 서버 접속용 모자를 쓴 채 누워 있었다.

벨테루크는 남자를 한 번 쓱 보고는 일체의 망설임도 없이 낫을 높게 들어 3789028376번 영혼 주인의 목을 잘랐다.

피가 나거나 실제 육체의 목이 잘리거나 하지는 않았다.

사신의 낫은 물질을 자르는 것이 아니라, 영혼의 끈만을 자른다. 겉으로 보기에는 아무 일도 벌어지지 않은 걸로 보이나, 3789028376번 영혼을 담던 그릇, 육신이라는 고

깃덩이는 이미 죽었다.

벨테루크의 눈에는 잘린 영혼의 끈이 가상현실 서버 접속용 모자 밖으로 튀어나와 흔들거리는 것이 보였다. 보통이라면 저 끈에 영혼의 본체가 붙어 나왔을 테지만, 지금은 아니었다.

바로 3789028376번의 영혼이 지금 가상현실 속에서 게임을 즐기고 있었기 때문이었다. 이것이 바로 사신들이 접속을 해 보지도 않고 영혼들이 가상현실 속에 있다는 걸 알 수 있는 이유였다.

가상현실 게임은 사신들의 업무에 꽤 성가신 존재였다. 죽었으면 재깍재깍 나와서 데려갈 수 있어야 되는데……저렇게 연결된 채 죽은 인간들은 서버 내에서 아직 자신이 죽은 줄 모르고 활개치고 다닌다.

사신들은 이런 경우 어쩔 수 없이 명계로 데리고 갈 영혼이 로그 오프할 때까지 기다려야만 했다.

하지만 벨테루크 같은 괴짜 사신은 이것에 별로 불만이 없었다.

왜냐하면, 그에게는 남는 것이 시간이었고, 그 시간들은 전부 지루함이란 끔찍함과 연결되었으니까.

벨테루크는 저 가상현실이라는 것이 조금 성가셨지만, 어떤 면에서는 오히려 고마웠다.

아주 조금이라도 그에게 주어진 무료하고 끝도 없이 긴 시간을 죽이게 해 주니까 말이다.

벨테루크는 사신낫을 다시 품에 넣고는 방 안을 훑어본다.

이건 3789028376번 영혼이 밖으로 나오길 기다리면서, 이 영혼이 어떤 인간이었는지를 살펴보는 것이었다. 그 행동은 3789028376번 영혼에 어떤 흥미가 있어서 하는 것은 아니었다. 그저 수천만 년간 버릇처럼 해 왔기 때문에 하는 것뿐…… 아무런 의미도 없었다.

방 안은 3789028376번 영혼 주인의 성격을 단적으로 보여 주고 있었다.

집기가 별로 없었다. 책상과 그 책상 위에 놓인 책꽂이. 그리고 거기에 꽂힌 책 몇 권과 침대. 또 그 옆에 놓인 작은 쓰레기통. 마지막으로 3789028376번 영혼의 육체가 누워 있는 가상현실 게임 캡슐이 전부였다.

모두 새로 산 것처럼 깨끗했고 먼지 한 톨 묻어 있지 않았다.

결벽증.

3789028376번 영혼은 작은 티끌도 자신의 공간에 허용하지 않는 완벽주의자인 것 같았다. 벨테루크는 이런 자들을 여럿 봐 왔지만, 이렇게 심한 경우는 흔치 않다.

'강박적 결벽증인가? 그게 아니면…….'

벨테루크의 투시안(透視眼)이 방을 넘어서 거실과 화장실까지 살폈다.

이 방과 마찬가지로 작은 티끌 하나 찾기 어려웠다. 하지만 이는 벨테루크가 기대한 것이 아니었다.

쿵쿵.

그의 감각을 자극한 건 눈이 아니라 코였다. 어디선가 익숙하고도 특이한 냄새.

아주 매캐하지만, 사신들의 코를 즐겁게 하는 독특한 향기.

바로 피 냄새와 시체가 썩는 냄새였다.

사신인 자신이 알아채기 어려울 정도로 아주 미약했다. 신경을 집중한 지금에서야 제대로 느낄 수 있을 정도로 희미한 냄새였다.

아마 이래서 빌라에 처음 들어왔을 때는 느끼지 못했으리라.

벨테루크의 코가 벌렁거렸다.

냄새의 진원지를 추적하는 것이었다. 냄새는 아래쪽에서 올라오고 있었다.

그가 고개를 아래로 숙였다.

그의 시선이 5층 바닥, 4층 바닥, 3층 바닥, 2층 바닥, 1층 바닥을 통과할 때까지 냄새의 근원은 발견하지 못했다. 벨테루크의 칠흑 같던 눈이 백안으로 변했다. 투시안을 최대로 끌어 올릴 때 나타나는 현상.

지하에 비밀스러운 공간이 있는 것이 보였다.

'음?!'

그곳에도 시체는 없었다.

그의 시야가 좀 더 아래쪽으로 내려갔다. 그런 비밀 공간을 세 개 더 지나고 나서야 냄새의 근원을 발견할 수 있었다.

정말 이번 고객은 용의주도한 녀석이라는 생각이 들었다.

"크크크."

벨테루크가 낮게 툴툴거렸다.

이유는 3789028376번 영혼 주인이 사신들에게 일거리를 만들어 주는 인간이었기 때문이었다. 그의 직업이 뭔지는 모르겠지만, 그의 '취미'는 사신들의 일과 아주 연관이 깊어 보였다.

지하 깊숙이 숨겨진 공동에는 수십 명인지 수백 명인지 얼핏 확인하기 어려운 인간들의 시신이 엄청나게 큰 냉동고 안에서 숙면을 취하고 있었다.

아직 완전히 얼지 않은 싱싱한 시체가 있는 걸로 봐서는 3789028376번 영혼의 주인은 바로 며칠 전, 어쩌면 어제나 오늘도 취미생활을 즐긴 것이 분명했다.

111차원계의 이 지구라는 행성은 원래부터 다른 곳에 비해 좀 더 잔인한 행성이었다.

그나마 근래에 들어 조금은 사신들과 거리가 멀어졌지만, 본질은 쉽게 바뀌지 않는 법.

인간들이 말하는 과학이라는 학문이 이리 발전하기 전에는 저런 장면을 이 행성 어디에서나 쉽게 찾아볼 수 있었다. 물론 전쟁이 나면 저것보다 심한 일도 많이 일어난다.

그래서 사신 벨테루크에게 이런 일은 별일이 아니었다. 그가 재미있어 하는 이유는 완전히 다른 곳에 있었다.

시체에는 죽인 자의 영혼의 색과 살의가 묻어난다. 비록 그 시체가 이미 영혼이 빈 그릇일지라도 말이다.

저 지하 냉동고에 있는 시체들에서는 순수함이 느껴졌다. 살의 따위는 일체 찾아볼 수 없었다. 그 순수함을 뭐라고 표현해야 할까?

순수한 살인 광기.

이 정도라고 하는 게 맞지 않을까.

요즘처럼 인권이니 문명이니 하는 걸 강조하는, 이 111 차원계에서는 더 이상 만나기 어려운 그런 감성을 가진 영혼이 바로 3789028376번 영혼이었다.

아주 없는 건 아니었지만, 희귀했다. 벨테루크도 오랜만에 이런 영혼을 마주쳐서 입가에 미소를 머금은 것이었다.

"피에 굶주린 순수 살인마. 이곳 지구 말로 하면 싸이코 패스던가."

그것이 111차원계 3789028376번 영혼에 대한 벨테루크의 평가였다.

저 정도면 제대로 정화되기 전에는 팔지옥에서 다시 나오기 어려울 정도 아닐까.

어쩌면 팔지옥에서 한 천만 년쯤 썩을 수도 있었다. 재수가 없다면 천만 년을 보내기 전에 영혼이 소멸할지도……

물론 자신이 알 바는 아니었지만.

거기까지 확인한 벨테루크는 3789028376번 영혼에 대한 흥미를 완전히 잃었다.

3789028376번이 우주 역사 최악의 살인마든, 아니든 그하고는 아무 상관이 없었다.

어차피 그의 일은 저자의 영혼을 명계까지 데리고만 가면 끝이니까.

염라대왕이 저놈의 영혼을 걸레로 만들든 소멸을 시키든 그쪽에서 알아서 할 일이었다.

벨테루크가 다시 무료함에 낮으로 눈을 끄을 그때였다.

삐비빅 하는 사신 단말기의 청음이 울렸다.

경고음이었다. 영혼을 수거할 시간이 다 되었으니, 어서 일을 하라는 뜻이었다.

벨테루크는 어차피 일을 마치고 기다리고 있는 중이어서 대수롭지 않게 생각했지만, 그래도 한 번 더 확인하는 차원에서 사신명부를 꺼내 펼쳤다. 아까 그랬던 것처럼 그는 하품을 하며 수거대상의 영혼번호를 확인했다.

3789028376.

일치했다.

"별 문제 없군."

하며 안심하던 그때.

"음?! 이게……?"

문제를 발견했다! 그것도 치명적인 문제가!

영혼 번호 아래쪽에 적힌 차원계의 번호가 111이 아니라 112였다!

이번 고객은 111차원계의 3789028376번 영혼이 아니라, 112차원계의 3789028376번 영혼이었던 것이다.

있을 수 없는 일이 벌어졌다.

단순한 실수였지만, 사신계에서 실수는 곧바로 소멸과 연결되기 십상이었다.

만약 이 일이 염라대왕에게 알려진다면 끝장이리라.

재수가 없다면 아까 얘기했던 팔지옥에서 일천만 년간의 고통을 당하는 것이, 이 영혼이 아니라 자신이 될 수도 있었다. 당연히 그 결말은 십중팔구 소멸로 이어질 터.

벨테루크의 머리가 빠르게 회전했다.

사신 업무를 수행한 지 수천만 년. 이제껏 단 한 번의 실수도 없었다. 그걸 너무 과신한 나머지 기어이 오늘 일이 터진 것이다.

'이 한 번의 과오 때문에 수천만 년간 고생한 걸 모두 잃을 수는 없어! 젠장! 젠장! 젠장……! 아!'

마음속으로 젠장이란 말을 수도 없이 뱉을 어느 순간.

수억 년 전 명계를 뒤흔들었던 '그 일'이 떠올랐다.

'영혼 접붙이기' 사건.

한 미치광이 사신이 영혼 샴쌍둥이를 인위적으로 만들어 보겠다며 저질렀던 엽기적인 일.

그 사신은 하나의 몸에 영혼 두 개를 집어넣는 것이 가능한지에 대한 실험을 했다.

방법은 매우 간단해서 끊어진 영혼의 끈을 살아 있는 또 다른 영혼의 끈에 붙이고, 땜질을 하는 것이었다. 이는 엄연히 사신 복무 규정을 어기는, 대죄.

사신의 행동은 하나하나가 차원계의 질서와 관계가 된다.

그런데 살아 있어야 할 영혼에 그런 짓을 했으니, 그의 결말은 빤한 것이다. 결국, 그 사신은 그 일이 발각되어…… 소멸 당했다.

실험이 성공했는지 실패했는지, 그 일의 영향으로 차원계에 어떤 일이 벌어졌는지에 대해서는 전혀 알려지지 않았다.

염라대왕이 관계자들에게 함구령을 내린 것이었다.

하지만 사신들 내부에서는 대체로 가능하지 않을까 하는 쪽에 무게가 실렸었다.

과연…….

'가능할까?'

만약 자신이 지금 그걸 시도한다면, 어떻게 될까?

그의 눈에 가상현실 캡슐 밖으로 덜렁거리고 있는 영혼의 끈이 보였다. 아직 시간은 있었다.

3789028376번은 아직 로그 오프를 하지 않았다.

지금 이 상황에서 저 영혼이 로그 오프를 한다면?

벨테루크 자신의 소멸은 거의 결정된 것이나 마찬가지.

하지만 영혼 접붙이기를 시도하면 자신의 잘못을 덮을 기회는 생길 수도 있었다.

원래 죽었어야 할 112차원계 3789028376번 영혼의 육체에 111차원계 3789028376번 영혼을 접붙이기 한 후 112차원계 3789028376번 영혼의 끈만 끊어 명계로 인도해 간다면, 모든 차원계는 원래 계획되었던 대로 흘러가게 되는 것이다! 이렇게만 된다면 누구도 자신의 잘못을 알지 못하리라!

비록 111차원계의 영혼이 112차원계로 가게 되는 것이지만, 일단 명계 영혼의 총량은 보존된다. 그거면 일단 벨테루크는 안심할 수 있었다.

결단의 시간은 그리 길지 않았다. 벨테루크는 111차원계 3789028376번 영혼의 끈, 그 끄트머리를 붙잡았다. 그러고는 잠시의 망설임도 없이 사신 단말기를 꺼내 들었다.

삐삐빅—

단말기 위에 112라는 사신 숫자가 찍혔다.

가벼운 진동과 함께 벨테루크가 그 자리에서 사라졌다.

수억 년 만에 영혼 접붙이기가 실현되는 순간이었다.

이때까지 벨테루크는 자신의 작은 행동이 전체 차원계에 어떤 영향을 끼칠지 전혀 알지 못했다.

　고공이란 끼니를 잇기가 쉽지 않아 어쩔 수 없이 남의 집에 기식(寄食)하며 고주(雇主)의 부림을 받던 사람을 말한다. 쉽게 말해 머슴이었다.

　고공과 고주는 계약으로 맺어진 관계지만, 대부분의 계약은 무용지물이거나 오히려 족쇄의 단초가 되었다.

　계약서를 관에서 관리를 하는 것이 아닌, 고주가 관리하기 때문이었다.

　고주는 자기 편한 대로 수시로 계약서를 멋대로 파기하고 새로 작성할 수가 있었다. 특히, 무림문파에 속한 고공들은 머슴이 아닌, 노예에 가까웠다.

　관무불간(官武不干)의 원칙에 따라, 관에서는 특별한 일이 없는 한 무림문파의 고공들에게 무관심했다. 그들이 착취를 당하는 걸 알고 있었지만, 이미 그건 관의 영역이 아니었다.

　소삼(小三)은 지금 단리세가(段里世家)의 마고공(馬雇工)이다.

　그는 원래 찢어지게 가난한 화전농의 셋째 아들이었다.

　풍족하지는 않았지만, 행복한 시절이었다.

　그러다가 그가 다섯 살 때 태풍이 몰아닥쳐 가족이 모두 죽고 그 혼자 살아남게 되었다.

이후 소삼은 솔호(率戶) 없이 유리걸식(流離乞食)을 하며 지냈다.

그러다가 구걸을 하기 위해 단리세가의 문을 두드렸다는 이유 하나만으로 단리세가의 고공이 되었다. 그 이후 십년.

소삼은 세가의 말을 돌보는 일을 해 왔다.

당연한 말이지만, 그는 머슴으로서 단리세가 내의 궂은 일을 도맡아 하고 있었다.

세가 내의 청소는 말할 것도 없고, 주방의 허드렛일을 할 때도 있었고, 때로는 측청(厠圊, 화장실) 청소 또한 해야 했다.

말만 마고공이지, 실제로 소삼이 마고공임을 느낄 수 있을 때는 아침저녁으로 말을 산책시킬 때와 그가 잠을 잘 때 뿐이었다. 그의 잠자리는 마구간이었다.

마구간에서 생활을 하다 보니 자연스레 그의 몸에는 말똥 냄새와 말 특유의 노린내가 온몸에 배어 있었다. 그의 천한 신분과 더불어서 그 냄새들은 그를 다른 천한 사람들에게도 경원시 되게 만들었다.

이런저런 이유로 소삼은 세가 내의 사람들에게, 본명보다는 마변삼(馬便三)이라고 불렸다.

마고공의 마, 말똥 냄새가 난다 하여 변, 소삼의 삼.

이 셋을 엮어 마변삼이 되었다. 소삼, 아니 마변삼에게

단리세가는 집이었지만, 또 한편으로는 풍도옥(酆都獄)이
었다.

여느 때와 마찬가지로 마변삼은 오늘도 힘겨운 하루를
보내고 있었다.

병고공(兵雇工) 중 한 명인 마칠(馬七)이 마변삼을 개인
적인 용무로 마음대로 부려 먹고 있는 탓이었다. 평소 자주
있는 일이고, 아무도 마변삼에게 신경을 쓰지 않았기 때문
에 가능한 일이었다.

마변삼은 세가 내 고공 중에서노 죄악의 위치에 있었넌
것이다.

둘은 지금 단리세가 무사들을 위해 주문 제작된 무기들
을 수령하기 위해 봉양(鳳陽)의 병기점에 왔다.

"마칠이 왔나?"

점주가 나와서 마칠에게 아는 척을 했다.

단리세가는 봉양 최대의 문파였기에, 봉양 어디를 가든
병장기점에서는 제일 고객이었다. 당연히 이 병기점의 점주
또한 단리세가에 많은 무기를 대고 있었고, 단리세가의 병
고공인 마칠과는 잘 아는 사이였다.

"한 달 전에 주문한 창과검도정(槍戈劍刀釘)을 받으러
왔수다."

"아, 마침 잘 왔네. 한 달 동안 밤잠도 제대로 못 자고,
겨우 어제서야 완성했다네."

병기점주는 상인들이 으레 하는 말을 하며 완성품들을 내어 왔다.

양이 엄청나서 점주는 몇 번이나 광에 왔다 갔다 해서야 마칠 앞에 무기를 모두 가져다 놓을 수 있었다.

마칠은 대충 한 번 슥 훑고는 삯을 치렀다.

어차피 자기가 쓸 것도 아닌데, 겉만 멀쩡하면 어찌 되었든 상관이 없었으니까.

"그런데 겨우 둘이 온 겐가? 수레도 없어 뵈는데, 둘이서 단리세가까지 옮기기 괜찮겠나? 꽤 먼데……."

"뭔 걱정이오? 옆에 이렇게 훌륭한 말이 한 마리 있는데."

병기점주의 말에 마칠이 그의 옆에 서 있는 마변삼의 가슴을 한 번 세게 쳤다.

비쩍 말라 뼈밖에 없는 마변삼은 마칠의 주먹에 맥없이 병기점 바닥에 나동그라졌다.

그 모습을 본 병기점주는 할 말을 잃고 그저 몸을 돌렸다.

어차피 자신이 어떤 말을 한다고 들어줄 것도 아니고, 단리세가 내부의 일이다.

봉양에서 마변삼의 처지를 모르는 사람은 아무도 없었지만, 누구도 그를 위해 앞에 나서지는 않았다.

그런 처지의 사람은 중원 어딜 가든지 있었으니까.

"어이, 마변삼. 뭐해? 당장 일어나서 무기 옮겨."

"······."

마변삼은 죽는소리 한 번 하지 않고 일어나서 무기를 들수 있는 만큼 어깨에 둘러메었다.

아마 오늘은 이 무기들을 세가 내로 옮기는 것만으로 하루를 다 보내리라.

"난 봉양객잔(鳳陽客棧)에 볼일이 있어서 가 있을 거야. 다 옮기면 그리로 와. 알았지?"

"······."

마변삼은 대답이 없이 고개만 주억거렸다.

입양 싱배가 좋시 않아 말을 하는 것도 아끼려는 나름의 방법이었다.

하지만 대답을 하지 않는 것은 처세술로는 훌륭하지 못한 방법이었다.

퍽.

마칠이 그런 마변삼의 면상을 주먹으로 후려쳤다.

마변삼은 다시 바닥에 쓰러졌다.

입가에 설핏 핏물이 묻은 것이 입술이 찢어진 모양이었다.

"야 이 새끼야! 대답을 해, 대답을! 내가 너하고 같은 마씨라고 무시하냐?"

"아, 아닙니다······."

드디어 마변삼의 입이 열렸다.

삐쩍 골은 그의 몸과 마찬가지로 그는 목소리조차 빈곤

하기 이를 데 없었다.

말을 하면서 입 밖으로 핏물이 주르륵 흘러내렸다.

입술만 찢어진 것이 아니라, 입안에도 크게 찢어진 것이었다.

퍽.

마칠이 피를 흘리는 마변삼을 보고는 다시 발로 그의 얼굴을 걷어찼다.

이번에는 충격이 좀 컸는지 마변삼은 병기점 구석까지 데굴데굴 굴러가서 처박혔다.

그는 힘이 없는 와중에도 있는 힘껏 고개를 들어 마칠을 바라봤다.

눈의 실핏줄이 터져 핏발이 선 그의 눈은 이렇게 말하고 있었다.

왜? 왜? 왜……?

"아, 저 새끼 때문에 무기에 피가 튀었네. 재수 없는 자식. 하여간 뭘 하든지 도움이 안 돼."

고작 그것 때문에……?

마변삼, 아니, 소삼은 정말 괴로웠다.

하루하루 살기가 너무 힘들었고, 죽고만 싶었다.

하지만 죽을 용기를 먹는 일도 쉬운 일이 아니었다.

죽으려고 시도를 할 때면 겁이 나서 포기하기 일쑤였다. 그러면 다시 죽을 용기로 한 번 열심히 살아 보자 하지만…… 매번 금세 다시 죽고 싶은 마음이 들었다.

이런 일이 반복이 되다 보니, 이제는 그 살아갈 용기마저 그다지 남지 않게 되었다.

죽을 수도, 그렇다고 살아가기도 어려운…….

소삼은 이도 저도 아닌 겁쟁이인 자신이 너무나 싫었다.

그는 벽을 짚고 간신히 다시 몸을 세웠다. 그러고는 마칠 에게 다가갔다.

툭툭.

마칠이 그의 이마를 손가락으로 가볍게 밀었다. 그리고 이어지는 고까운 말투.

"부기 다 옮기고 뒨 피도 전부 깨끗이 닦아. 나중에 내 가 확인해 보고 피 한 방울이라도 묻어 있으면 네 입에서 피 한 바가지 쏟을 각오하는 게 좋을 거야."

"네……."

그 말을 끝으로 마칠은 병기점을 나섰다.

소삼은 마칠이 왜 봉양객잔에 가는지 잘 알고 있었다.

십 중 십 앵앵이를 만나러 가는 것이겠지.

마칠은 소삼이 무기를 옮기는 일을 모두 마칠 때까지 그 곳에서 앵앵의 속살을 만지며 시간을 보낼 것이다.

소삼은 병기점주가 건넨 고적쪼가리로 입가의 피를 닦았 다.

병기점주가 해 줄 수 있는 유일한 도움이었다.

정말 별것 아니었지만, 소삼은 눈물이 핑 돌았다. 단리 세가 내에서는 이 정도마저도 그를 위해 해 주는 사람이 없었다.

그는 그저 세가 내의 가장 쓸모없고 냄새나는, 벌레보다 못한 마고공에 불과했으니까.

소삼은 피가 묻은 고적쪼가리를 다시 병기점주에게 건네주며 고맙다는 인사를 건넸다.

그러고는 창 두 자루를 어깨에 걸쳐 메고 병기점을 나섰다.

후악후악.

거친 숨이 쏟아져 나왔고.

또옥또옥.

뜨거운 땀이 흘러내렸다.

얼마의 시간이 흘렀을까?

월구(月球)가 떠오르고 나서야 소삼은 마침내 병기를 옮기는 일을 모두 마칠 수 있었다.

파김치가 된 그를 보고 병기점주가 말했다.

"자네, 좀 쉬는 게 어떻겠나? 얼굴색이 좋지 않아. 마치⋯⋯."

병기점주는 금방 죽을 것 같은 사람처럼 보인다는 뒷말을 삼켰다.

재수 없는 말을 하면 꼭 그렇게 될 것만 같다고 느껴서였다.

"괜찮습니다⋯⋯."

소삼은 그렇게 말하고는 다시 몸을 움직였다.

온몸의 뼈란 뼈는 다 삐걱거렸고, 근육이 제발 좀 쉬라고 소리쳤지만, 그는 움직여야만 했다. 소삼은 병기점주의 안타까운 시선을 뒤로하고 병기점을 나섰다.

그는 죽을듯 비틀거리면서 한 발 한 발 봉양객잔으로 걸어갔다.

너무 무리해서 숨이 넘어갈 듯 거칠어져 있었고, 땀이 쉴 새 없이 흘러내렸다.

이 상태에서 조금만 더 무리하면 정말로 죽을 수도 있을 것 같았다.

그래도 그는 용케 쓰러지지 않고 봉양객잔에 도착할 수 있었다.

하지만 그의 지저분한 몸을 본 객잔 점소이가 그의 출입을 허락하지 않았다.

원래도 더러웠지만, 지금 소삼의 몰골은 말이 아니었다.

아까 마칠에게 얻어맞아 흘린 피와 무기를 옮기면서 흘린 땀방울이 땟국물에 뒤섞여 완전히 상거지 꼴이었다.

결국, 그는 점소이에게 일이 끝났다는 걸 마칠에게 전해 달라고 하고는 몸을 돌렸다.

나중에 왜 직접 전하지 않고 점소이에게 시켰느냐고 마칠에게 추궁을 당할 게 뻔하지만, 소삼은 그렇게 할 수밖에 없었다. 빨리 돌아가서 쉬지 않으면 죽을 것 같았기 때문이었다.

"……힘들어. 그냥…… 쉬고 싶어……."

마음은 단리세가 마구간, 그의 보금자리로 달려가고 있었지만, 몸이 말을 듣지 않았다.

소삼은 너무 힘들어서 이대로 길바닥에 드러눕고 싶었다.

이렇게 된 바에야 이대로 탈진해서 죽으면 편할 것도 같았다.

하지만, 또 그냥 죽고 싶지는 않았다.

그는 아까보다 더 비틀거리며 석양에 빨갛게 물든 봉양의 번화가를 가로질렀다.

큭…… 크큭.

자기도 모르게 비틀린 웃음이 찢어진 입술 사이로 새어 나온다.

소삼아…… 소삼아, 이렇게나마 벌레 같은 삶을 연명하고 싶으냐?

자신에게 물어본다.

"응…… 그래. 이렇게라도……."

죽기 싫어.

살자. 그래, 살자. 살다 보면 좋은 날이 오겠지.

"어이, 마변삼."

힘들어 죽겠는데 누가 자기를 부른다.

소삼은 자꾸 감기는 눈을 들어 목소리의 주인을 확인했다. 하지만 시야가 흐려져서 누군지 쉽게 확인되지 않았다.

툭.

목소리의 주인으로 생각되는 누군가와 부딪히는 느낌이
났다.

자신의 몸이 기울어서 부딪힌 것인지, 저쪽에서 부딪혀
온 것인지는 몰랐다.

이미 몸에 감각이 없어지고 있었으니까.

"이 새끼가 돌았나?"

거친 욕설이 들렸다. 방금 그 목소리였다.

마칠인가? 처음에는 그렇게 생각했었다.

퍽, 퍼벅,

순식간에 소삼의 복부에 서너 번의 타격이 가해졌다.

"윽!"

아팠다. 죽을듯이 아팠다.

소삼은 주먹맛을 보고 나서야 그가 마칠이 아니라는 걸
알 수 있었다.

마칠의 주먹은 이렇게 맵지 않다.

소삼의 입에서 침이 줄줄 흘러내렸고, 눈에서는 눈물이
왈칵 쏟아져 나왔다.

슬퍼서가 아니다. 아파서였다.

이제 맞는 일에는 이력이 났다고 생각했는데, 아파도 너
무 아팠다.

그나마 다행이라면 고통 때문에 흐려졌던 시야가 조금
회복되었다는 것이었다.

소삼은 숨이 제대로 쉬어지지 않아 꺽꺽거리면서 무릎을

꿇었다. 그런 상태에서도 그는 있는 힘을 다해 고개를 들었
다.

익숙한 얼굴이 보였다.

이름은 잘 몰랐지만, 단리세가의 무사 중 한 명이었다.

퍽!

소삼의 얼굴에 충격이 가해졌다.

"사, 살려……."

소삼은 내공이 실린 발길질에 맞고는 결국 살려 달라는
말을 끝까지 하지도 못했다.

왜? 왜? 왜……? 도대체 왜 이러는 건데……? 내가 뭘
잘못했다고.

그에게는 그냥 숨죽인 채 벌레처럼 살아가는 것도 허락
되지 않았다.

이 무림은 그런 곳이었다. 그와 같은 최하층 초식 곤충이
살아갈 수 있을 만큼 만만한 세상이 아니었다.

"이 자식이 뭐라고 씨부리는 거야? 똑바로 말해, 이 새
끼야!"

욕설과 함께 끝도 없는 발길질이 시작되었다.

하지만 소삼은 이미 아무런 고통도 느끼지 못했다.

그는 죽어 가고 있었다. 그는 자신이 지금 반쯤 명계에
발을 들였다는 걸 깨달았다.

억울했다. 그저 어떤 식으로든 살고 싶었을 뿐인데, 왜
세상이 자신한테 이렇게 하는 건지, 알 수 없었다.

애초에 이런 일이 벌어진 단초를 제공한 마칠을 죽이고
싶었다.

지금 자신을 밟고 있는 무사놈도 죽이고 싶었다.

자신을 무시하고 깔보며 농락하던 단리세가 사람들을 전
부 다 죽이고 싶었다.

그냥.

다 죽이고 싶었다.

세상을 박살 내고 싶었다.

하지만…… ㄱ의 위에서 나온 말은 다른 말이었다.

"……살…… 려…… 줘……."

그의 입에서 흘러나온 말은 역시나 '살려 줘' 였다.

퍽!

그게 그가 이승에서 내뱉은 마지막 말이었다.

비록 지옥과 같은 세상이었지만, 그는 끝까지 살아남고
싶어 했다.

그렇게 너무도 살고 싶어 했던, 112차원계 3789028376
번 영혼의 주인인 소삼은 지긋지긋한 생을 마감했다.

*　　*　　*

푹.

"크악!"

영혼 없는 비명 소리와 함께 '동네 건달' 이 죽었다.

동봉수의 창은 거기서 멈추지 않았다.

그가 한 번 창을 휘두를 때마다 동네 건달이 하나씩 바닥에 몸을 눕혔다.

하지만 아무리 죽여도 동네 건달의 수는 줄어들지 않았다. 줄어든 만큼 다시 생겨났다.

자신뿐만 아니라 이곳의 다른 사람들도 동네 건달들을 무차별적으로 죽이고 있었지만, 동네 건달들은 무한히 재생되었다. 그렇게 오랫동안 몸을 썼는데 지치지도 않았다.

접속한 지 얼마 되지도 않았는데, 동봉수는 이내 '무림 온라인'에 흥미를 잃어버렸다.

이것이 게임의 폐해로 살인사건이 증가했다는 주장까지 제기될 정도인가?

완전히 기대 이하였다.

새로운 사냥터를 찾았다고 생각했었는데…….

이건 사냥터가 아닌, 놀이터였다.

동네 건달이 죽었을 때 흘리는 피는 색감만 실제 피와 흡사했다.

진짜 피와 같은 뜨거움과 촉촉함, 그리고 그 고유의 자극적인 끈적임이 없었다.

아무런 감촉도 느낄 수 없었다.

손에 느껴져야 할 묵직한 '손맛'도 하나도 느껴지지 않는다. 심지어 동네 건달들에게 역습을 당해 죽는 플레이어들의 얼굴에는 웃음까지 맺힐 정도였다.

죽는 게 죽는 것이 아니었다.

죽이는 것도 죽이는 것이 아니었다.

죽고 죽이는 것이 장난에 불과할 뿐.

무엇보다 동봉수의 흥미를 반감시킨 것은, 이곳에 '육식동물'이 하나도 없다는 점이었다.

이곳에 있는 동물들은 장난감이거나 그것도 아니면 초식곤충이었다.

애초에 이 '무림(武林)'이라는 가상현실 게임에 큰 기대를 걸지는 않았다.

아무리 현실과 비슷하게 만들었다고 해도 어떻게 현실과 손맛이 똑같을 수가 있겠는가.

그렇다고 해도 이건 너무 기대에 못 미치는 수준이었다. 취미까지는 아니더라도 가끔 한 번씩 '손맛'을 느낄 수 있는 낚시터 정도는 되리라 여겼었는데…… 이건 아니었다.

동봉수는 다시 한 번 그에게 달려드는 동네 건달의 머리를 부수고는 결론을 내렸다.

이걸로는 전혀 취미 생활이 되지 않는다.

물론 아직 레벨이 낮았고, 게임의 법칙에 대해 아무것도 몰랐다.

하지만 레벨업을 계속해 나간다고 해서 피의 질감이 달라지고, 없던 육식동물들이 이곳에 출몰할 리는 없어 보였다.

가짜는 가짜일 뿐, 진짜가 될 수 없으니까.

동봉수는 미련 없이 몸을 돌렸다. 진짜 사냥감이 넘치는 현실 속으로 말이다.

"로그 오프."

낮고 정확한 동봉수의 음성.

동시에 그의 게임 캐릭터가 가상현실 게임 무림에서 사라졌다.

그렇게 111차원계 3789028376번 영혼의 주인 동봉수는 112차원계로 '로그 온' 하게 되었다.

第二章

석응(適應)

絕世狂人

누구나 평등하게 빈손으로 태어나지만, 처음 그 손을 잡아 주는 사람은 다른 법이다.

— 누군가

*　　*　　*

"으음……."

동봉수는 의식을 회복하자마자, 가슴에 극심한 통증을 느꼈다.

너무 고통스러워서 숨이 잘 쉬어지질 않을 정도였다. 그뿐 아니라, 온몸의 뼈란 뼈는 전부 부서진 것처럼 흐느적거리고 있었고, 근육들이 아파 죽겠다고 아우성치고 있었다.

심지어 눈까지 부어서 잘 뜨여지지 않는다.

'뭔가 이건? 기어이 경찰에게 붙잡힌 건가?'

동봉수는 자신이 벌인 그동안의 행적이 기어이 수사망에 걸린 것이라 여겼다.

332번의 살인.

완벽하다고 생각했었지만, 완벽하지는 않았었나 보다.

피식.

가벼운 웃음이 새어 나왔다.

그래, 참 아슬아슬한 취미 생활이었지.

언젠가는 끝날 거라 생각했었는데, 이런 식으로 결말이 났다.

그다지 아쉽지는 않았다.

어차피 취미는 죽지만 않는다면 어디서든 할 수 있는 것이니까.

대한민국은 사실상 사형이 없는 국가 아닌가. 자신으로 인해 특별법이라도 만들어지지 않는 다음에야 살인범에게 살인을 구형한다 하더라도 실제 집행은 이루어지지 않는다.

인권국가 대한민국은 동봉수 같은 포식자에게 있어서 최고의 사냥터였다.

그런데…….

어딘가 좀 이상했다.

방금 생각한 대로 대한민국은 인권이 보장되는 나라였다.

아무리 332명의 살인을 저지른 사람이라 하더라도 재판 없이 함부로 범죄자를 고문하거나 구타할 수는 없었다.

설혹 정보를 얻기 위해 비밀리에 폭행한다 하더라도 이렇게 심하게 하지는 않을 터.

몸에서 느껴지는 감각으로 유추해 봤을 때, 지금 그의 몸에 난 상처는 못해도 몇 달 동안은 꼼짝 않고 누워 있어야 간신히 회복될까 말까. 까딱 잘못했으면 죽었을지도 모를 정도였다.

게다가 신문(訊問)을 하기 위한 것도 아니고, 의식이 없는 용의자를 이 정도까지 구타한다?

이런 행동은 동봉수의 모든 혐의가 입증되지 않는다면 경찰에게 커다란 압박으로 작용하게 될 것이다.

언론과 인권쟁이들이 들고 일어나면 골치 아픈 건 경찰들이 될 테니까 말이다.

동봉수 입장에서야 환영할 일이지만, 경찰이 바보가 아닌 다음에야 이런 식으로 일을 처리할 리가 없었다.

이건…….

이상해도 너무 이상하다.

거기까지 생각한 동봉수는 억지로 눈을 떴다.

퉁퉁 부은 눈에 격통이 느껴졌다. 얼마나 부었는지 평상시 볼 수 있던 사물의 5분의 1정도밖에 볼 수 없었다. 사방이 온통 사각(死角)이었다.

지금 눈으로 확인할 수 있는 건 주변 정경의 매우 제한된 일부분뿐.

그나마 어딘가에서 어스름한 달빛이 새어 들어와 지금 시각이 저녁이라는 걸 알려 준다.

그 빛이 눈을 부시게 했지만, 그 사실이 동봉수에게 여러 가지를 시사해 줬다.

'달빛이라.'

이곳은 자신의 방은 아니었다.

그의 방에는 창이 없다. 그의 방에 존재하는 모든 빛은 전등에서 나온다.

동봉수는 찬찬히 자신이 누워 있는 이곳의 풍경을 살폈다.

목의 삐걱임이 안 그래도 제약된 그의 움직임을 더욱더 제한했다.

하지만 그는 목의 통증을 눌러 참고는 목을 최대한 돌려가며 주변을 살폈다.

눈이 제구실을 못하고 있으니 목이라도 사용을 해야 했으니까 말이다.

그의 눈에 가장 먼저 보인 것은 긴 얼굴을 가진 제법 큰 동물들이었다. 직접 본 적은 한 번도 없지만, TV를 통해서 수도 없이 접해 본, 바로 그 동물.

말.

'마구간인가?'

그는 직감적으로 이곳이 마구간이라는 걸 알아챘다.

코를 내리누르는 지독한 말똥 냄새와 동물 고유의 노린
내가 진동을 하고 있었다.

말을 누군가 몰래 그의 방에 데려다 놓는다고 해도, 하루
이틀 만에 이런 냄새가 배지는 않는다.

이곳은 원래 마구간이었고, 자신은 그리로 옮겨진 것이
다.

그의 눈이 더욱 빠르게 주변 상황을 훑어 나갔고, 두뇌가
꿈틀거리기 시작했다.

예측불허의 상황에 놓이자 포식자로서의 육감과 직관이
가감 없이 발휘되고 있었다.

그때였다.

동봉수의 눈에 아주 이상한 것이 포착되었다.

'이건?!'

무언가 반투명한 글자가 말의 얼굴 위에 겹쳐 보였다.

그가 고개를 돌렸다. 그러자 말의 얼굴은 가만히 그 자리
에 있는데, 글자가 그의 시선을 따라왔다.

그 일을 몇 번 반복하자, 동봉수는 글자가 항상 그의 시
야 안, 그것도 중간에 위치한다는 걸 파악했다.

그리고 그 글자가 흔히 볼 수 있는 이차원적인 모습이 아
닌, 삼차원의 입체적인 모양을 띠고 있다는 것까지 알아냈
다.

'홀로그램 창?'

그는 그런 것을 바로 얼마 전에 봤다.

가상현실 게임 무림.

거기에 처음 접속했을 때, 그를 환영하는 문구가 한참 동안 그런 식으로 눈앞에 떠 있었다.

[진정한 강자들의 세상, 무림 온라인에 오신 걸 환영합니다.]

……였던가.

혹시 아직 로그 오프가 되지 않은 것인가?

그런 생각이 문득 들었다.

하지만 그 생각은 나타날 때보다 훨씬 빨리 사라졌다.

온몸에서 느껴지는 이 격통은 게임 안에서는 절대로 느낄 수 없던 생생함이다.

만약 이런 느낌이 게임 내에서 재현 가능했었다면……
동봉수는 로그 오프를 하지 않았으리라.

아마 지금까지도 사냥을 하고 있었겠지.

그는 홀로그램 글자를 확인하기 위해 눈에 더 힘을 줬다.

그러나 통증만 더해질 뿐, 시력이 상승되지는 않았다.

그에 동봉수는 달빛이 흘러 들어오는 창 쪽으로 눈을 돌렸다. 휘영청 밝은 보름달이 보이며 그의 눈을 밝혔고, 반투명한 홀로그램 창의 내용이 이 비현실적인 상황에 결정적인 방점을 찍었다.

[장치가 비정상적으로 작동하여 로그 아웃에 실패하셨습니다.

다시 한 번 접속 해제를 시도하시겠습니까? Yes or No]

장치 오류?

동봉수는 의아했다.

이렇게 현실적인 장면과 극도로 자극적인 냄새. 온몸을 저릿저릿하게 옥죄어 오는 이 감각들이 전부 기계의 오류에서 오는 것이란 말인가?

이해할 수 없었다. 그는 한번 확인해 보고 싶었다.

동봉수는 별 망설임 없이 손을 들어 홀로그램 속으로 손을 집어넣었다.

삑—

'No' 버튼이 일그러지는 모습이 보이며 운영자의 매력적인 음성이 그의 뇌리에 아로새겨졌다.

—웅웅웅! 귀하는 'No'를 선택하셨습니다. 그럼 다시 무림 온라인으로 돌아가겠습니다. 하나, 둘, 셋…….

지지직거리는 기계 소음이 동봉수의 머릿속을 강타했다.

동시에 뇌가 찢어지는 것 같은 느낌이 들며 그는 서서히 정신을 잃어 갔다.

아련해지는 의식 속에 울려 퍼지는 무림 온라인 운영자의 감정 없는 목소리.

―그럼 무림 온라인과 함께 즐거운 시간이 되시길 빌겠습니다…….

*　　*　　*

　마칠은 요 며칠, 정확히는 이 주일간 기분이 별로 좋지 못했다.

　속된 말로 미치고 팔짝 뛴다고 해야 할까.

　병고공 일만으로도 바빠 죽겠는데, 귀찮은 일까지 떠맡고 있었으니 그럴 수밖에 없었다.

　지금도 그는 소삼의 아침 식사인 미음을 가지고 마구간으로 가고 있었다.

　"아, 이 큰 단리세가(段里世家)에서 저놈 똥 치울 사람이 나밖에 없어? 왜 내가 항상 이런 일을 해야 돼?"

　소삼은 이 주일 전 그와 함께 무기점에 무기를 수령하러 간 날 실수를 해서 큰 부상을 입었다.

　일이 끝났으면 곱게 집으로 갈 것이지, 괜히 저녁에 번화가를 거닐다가 변을 당한 것이었다.

　당시 구경꾼 중 한 명에게 들은 말로는, 소삼이 갑자기 팽도량(彭度良)의 앞을 막아섰단다.

　팽도량은 단리세가주의 둘째 딸인 단리희(段里熙)의 호위무사다.

　단리희는 세가주인 단리천우(段里天宇)도 말리기 어려울

정도의 말괄량이였다.

그런 그녀의 호위무사를 막아섰으니, 지금 소삼이 살아
있는 것도 용하다고 봐야 했다.

마칠은 소삼이 팽도량에게 두들겨 맞을 그때 봉양객잔에
서 앵앵의 속살 맛을 듬뿍 보고 있었다.

쌓인 욕정을 풀고 뿌듯한 마음으로 세가로 돌아오다가
피투성이가 된 채 쓰러져 있는 소삼을 발견하고는, 그를 둘
러업고 세가로 돌아왔다.

처음 그를 마구간에 데려다 놓았을 때는 소삼이 죽은 줄
로만 알고는 순간 당황해서 그를 그냥 마구간에 방치한 채
나갔다.

한데 다음 날 마구간에 갔더니 소삼이 깨어나 있었다.

그때 마칠은 생각했다.

정말 더럽게 질기긴 질긴 놈이구나. 그 꼴을 하고도 하루
만에 정신이 돌아오다니.

그런데 그게 자신한테는 오히려 안 좋게 되었다.

그대로 소삼이 죽었다면 새로운 마고공을 구할 때까지만
소삼의 일을 하면 됐을 텐데, 이제는 소삼이 완벽히 나을
때까지 그의 일을 떠맡게 생겼다.

새로운 마고공을 구하는 데에는 단 며칠이면 되었다.

반면, 지금 소삼의 꼴을 봤을 때 다 나을 때까지는 최소
한 한 달은 걸릴 것으로 보였다.

거기다가 더욱 큰 문제는 그 사건으로 소삼이 천치가 되

어 버렸다.

말을 못할 뿐만 아니라, 기억까지 온전치 못한 것 같았다.

가끔 깨어나서 얘기를 해 보면 자신을 전혀 못 알아보는 것 같았고, 아무 말도 하지 않았다.

혀에 문제가 생겼나 싶어 살펴봤지만, 혀에는 아무 이상도 없었다.

아마도 그 사건의 충격으로 인해 실어(失語)라도 된 것 아닐까.

어쩌면 소삼이 다 나아 봐야 쓸모가 없을지도 모른다는 뜻이었다.

"젠장! 이 마칠 님께서 고작 저깟 천치 새끼 뒤치다꺼리나 해야 하다니!"

오늘도 소삼이 해야 할 일 전부가 마칠의 차지였다.

그뿐 아니라, 소삼을 치료하는 일까지 세가에서는 모두 그에게 떠맡겼다.

마고공의 일은 고되다.

그 사실을 누구보다도 마칠은 잘 알고 있었다. 십여 년 전 소삼이 이곳에 오기 전까지는 그가 마고공이었으니까.

말을 산책시키고, 말똥을 치우고, 마구간을 치우는 일은 아무것도 아니다.

제일 힘든 일은 가끔 마종자(馬從者)로서 단리세가 사람들의 외유를 수행하는 것이었다.

마종자는 흔히 하는 말로 '인간 받침'이었다.

한 마디로 단리세가 사람들이 말을 탈 때 그 밑에 엎드려 받침대 역할을 하는 것이다.

이것이 정말 번거롭고 짜증나는 일이었다.

세가 사람들 중 그나마 괜찮은 사람이 걸리면 상관없지만, 단리희 같은 인간 말종의 마종자로 외유를 나가면……

그날 잘못하면 목이 달아날 수도 있었다.

아직은 마종자로서 외유를 나갈 일이 없었지만, 언제 어느 때 마종자로 불려 나갈지도 모르는 일이었다. 그래서 마칠은 싫어도 소삼이 회복될 때까지 그의 수발을 열심히 들어야 했다.

마칠이 이런저런 이유로 구시렁거리는 사이, 세가 동쪽 끝에 있는 마구간에 도착했다.

그는 마구간 문을 열고 들어가기 전, 순간 이런 생각을 했다.

'그냥 저 자식을 죽여 버려?'

어차피 소삼 따위가 죽으나 마나 세가 내에서는 아무도 신경 쓰지 않았다.

금세 새로운 마고공이 충원된다면 마칠에게도 훨씬 이득이었다. 그편이 지금 하는 고생길을 벗어나는 최선이 아닐까 하는 생각이 문득 들었다.

하지만 마칠은 이내 고개를 저었다.

위험 부담이 너무 컸다. 자칫 잘못해서 세가의 무사 아무에게나 걸렸다가는 자신의 목이 달아날 수도 있었다. 결국, 그는 한 달 정도의 불편함 정도를 감수하기로 결정했다.

끼이익.

마구간에 들어서니, 여느 때처럼 소삼은 자고 있었다.

새끼를 곤 더러운 줄로 가슴을 칭칭 감은 채 편안히 누워서 쉬고 있었다.

그 모습을 본 마칠은 다시 열이 뻗쳤다. 누구는 지금 저 때문에 이 고생을 하고 있는데, 저 자식은 저렇게 태평하게 처자빠져 자고 있다니.

"아우. 이 머저리 자식! 그때 확 뒈졌으면 좀 좋아? 왜 쓸데없이 살아서 사람을 이렇게 귀찮게 하는 거야? 어우!"

마칠은 던지듯이 미음 그릇을 소삼의 가슴팍에 올렸다.

그릇이 흔들리며 뜨거운 미음이 쏟아졌다.

소삼의 가슴을 감고 있는 더러운 새끼줄이 더욱 더러워졌다.

그러거나 말거나 마칠은 자기 할 일은 다했다 생각하고는 그대로 마구간을 나가 버렸다.

소삼은 새끼줄 사이로 뜨거운 미음이 스며들어 상처 부위가 데었을 텐데도 마칠이 나갈 때까지 깨어나지 않았다.

고통을 쉽게 느끼지 못할 정도로 깊게 잠이 든 것일까?

아니었다.

소삼, 아니 동봉수는 이미 깨어 있었다.

그는 마칠이 나가자마자, 가만히 상체를 일으켰다.

"저 녀석 때문에 회복되는 시간이 자꾸 지연되는 것 같군."

더러운 새끼줄이 상처에 닿아 상처가 덧나고 있었다.

감염 현상이었다.

이래서는 상처가 빨리 아물지 않는다. 그래서 새끼줄을 풀어 놓으면, 마칠이 와서 다시 그의 가슴에 새끼줄을 감고 갔다. 그래서 동봉수는 마칠이 올 시간에 맞춰서 가슴에 새끼줄을 묶고 있다가 그가 나가면 풀곤 했다.

이것뿐만 아니라, 마칠은 여러모로 동봉수에게 도움이 되지 않는 인간이었다.

지금도 아직 다 아물지 않은 상처에 뜨거운 미움을 쏟게 만들었으니, 이 때문에 상처가 아무는 데에 좀 더 시간이 걸리게 되리라.

"오늘로 이 주짼가?"

동봉수가 이곳에서 깨어난 지 벌써 이 주가 되었다.

그는 그 시간 동안 이곳에 대한 정보를 파악했다. 아직 중국어를 완전히 알아들을 수 없었고, 정보의 출처가 마칠이 전부였기에 모든 걸 정확히 알 수는 없었다.

그가 첫 번째로 파악한 정보는 자기가 다른 사람이 되었고, 그 이름이 소삼 혹은 마변삼이라는 것이었다.

중국어를 알아들어서 알게 된 것이 아니라, 마칠이 여러 번 그렇게 부르는 것에서 그 사실을 알게 되었다.

두 번째는, 이곳 사람들이 중국어와 한자를 사용하지만,

이곳이 중국이 아니라는 걸 깨달았다.

무공.

상상 속, 영화 속, 소설 속에서나 가능했던 기술.

동봉수는 지난 이 주간, 무공이 이 세계에서 생생하게 살아 숨쉬고 있는 걸 목격했다.

아침마다 마구간 저 멀리 있는 연무장에서 무사들이 무언가를 하는 우렁찬 소리에 잠을 깨곤 했다.

처음에는 그게 무엇인지 몰랐는데, 나중에 문에 뚫린 구멍 틈으로 보고는 놀랐다.

그는 웬만한 일에는 감정의 동요가 없는 남자.

그럼에도 그런 동봉수를 놀라게 한 것이 바로 이 세계에 무공이라는 것이었다.

사람들이 날아다니고, 눈으로 따라잡기 어려울 정도로 빨리 움직이고, 절도 있게 움직이는 검과 도. 마치…… 무림 온라인의 실사판(實寫版) 같았다.

그렇다면 저 기술 또한 무공일 것이다.

마지막으로, 그가 완벽하게 '로그 아웃'을 하지 못했다는 사실이었다. 아니, 좀 더 정확히 말하면, 로그 아웃은 했지만 게임 시스템의 일정 부분이 아직까지 적용되고 있었다.

지금도 그의 눈앞 저 멀리에 아주 작게 '무림 온라인'이라는 글씨가 떠 있었다.

처음에는 이 사실과 무공의 존재 등 때문에 착각을 하기도 했다.

게임의 버그 탓으로 인해 무림 온라인에 이상 현상이 발생한 게 아닌가 하고 생각한 것이다.

하지만 이 주의 시간 동안 동봉수는 그게 아니라는 걸 확신하게 되었다.

이곳은 현실이었다. 확실했다. 의심의 여지가 없다.

도대체 어떻게 자신이 이곳에 온 것인지는 알 수 없었으나, 이곳이 현실이라는 건 절대로 부인할 수 없는 사실이었다.

자신이 고통을 느끼고, 생생하게 살아 움직이며, 거친 야생성을 뿜어내고 있었다.

조금 전에도 마칠을 죽이고 싶은 감정을 억누르기 어려웠다.

마칠이 플레이어인가? 아니면 NPC(Non Player Character)인가?

그가 내린 결론은 둘 다 아니다, 였다.

그가 이곳에서 만난 사람은 여럿 있었다.

그 첫 번째가 마칠이고, 간혹 마칠이 다른 사람들을 데리고 왔다.

그들은 벼락같은 몸놀림으로 말에 올라타고서는 마구간에서 사라지고는 했다.

동봉수는 그때마다 사람들의 눈을 체크했다.

감정이 있나 없나를 확인하기 위한 작업이었다.

모두들 각자의 감정을 가지고 '살아서' 움직이고 있었다. 절대로 저런 눈을 가진 자들이 NPC일 리가 없었다.

그럼 자신은? 그 자신은 무엇인가?

인간인가? 플레이어인가? 살아 있기는 한 것인가?

동봉수도 잘 몰랐다.

그저 자기가 이곳의 다른 이들과 다르다는 것.

그 사실 하나만큼은 확실했다. 똑같이 인간처럼 움직이는 것은 똑같았다.

하지만 결정적인 차이가 있었다.

그것이 바로 저 '무림 온라인'이라는 홀로그램 글자였다.

즉, 그는, 동봉수는 '반인반캐'였다.

그에게는 스테이터스(Status, 상태) 창, 스킬(Skill, 기술) 창, 인벤토리(Inventory, 창고), 맵(Map, 지도) 등 무림 온라인에서 가능했던 모든 창을 열 수 있는 능력이 있었다.

단, 모든 기능이 정상적으로 작동하는 건 아니었다.

대부분의 창은 오류로 인해 '?'로 표시되고 있었고, 100% 제대로 작동하는 창은 인벤토리뿐이었다.

그는 아직 인벤토리 창을 제외하고는 사용하는 방법을 몰랐다.

그건 앞으로 차차 알아 갈 예정이었다.

그의 상태창에 Lv.1이라고 적힌 것처럼 그는 아직 레벨

1의 노비스(Novice, 초심자)일 뿐이니까.

동봉수는 가만히 상체를 일으켰다.

가슴의 상처가 쑤셨지만, 못 움직일 정도는 아니었다.

그는 천천히 가슴을 압박하고 있는 새끼줄을 풀었다.

그라고는 새끼줄에 묻은 미음을 쓸어 그릇에 다시 담았다.

여전히 뜨거워 손과 가슴을 아프게 했지만, 아랑곳하지 않았다.

미음 대부분이 다시 그릇 안에 담기자 그는 그릇을 들어 단숨에 그것을 들이켰다.

현대 지구의 개가 먹는 밥보다 못한 음식이었지만, 동봉수는 별로 개의치 않았다.

그에게 음식은 그저 살기 위해 먹는 것이지, 맛을 즐기기 위한 것이 아니었으니까.

그에게는 영양소가 균형 잡힌 식단이 가장 좋은 음식이다.

그런 면에서 봤을 때 이 미음은 가장 최악의 음식이었다.

미음에는 칼로리가 거의 없다. 이런 걸 먹고 체력을 완전히 회복하려면 꽤 긴 시간이 걸린다. 그래서 빠른 회복을 위해 그는 따로 준비한 음식이 있었다.

"인벤토리."

그의 눈앞에 반투명한 인벤토리 홀로그램이 떠올랐다.

사실 이 인벤토리도 원래의 무림 온라인에 있던 것과는

많은 차이가 있었다.

본래의 인벤토리 창은 한 칸에 한 아이템이 들어가는 형식이었다.

그런데 이 '게임'에서는 칸제(制)가 아니라 공간제(空間制)였다.

지금의 인벤토리는 동봉수의 손이 움직임에 따라 안쪽 구석구석까지 살필 수 있게 되어 있었다.

인벤토리는 무척이나 넓었다.

정확히 어느 정도인지 꽉 채워 보기 전까지는 알 수 없지만, 그가 생각하기에 최소한 백 평 정도는 될 것 같았다.

이것이 그가 알아낸 이 '게임'의 첫 번째 법칙.

인벤토리 안에는 개미 수백 마리와 파리 유충, 즉, 구더기 수십 마리와 이름 모를 벌레 수백 마리가 들어 있었다.

그렇다. 그가 빠른 체력 회복을 위해 준비해 둔 음식은 곤충이었다.

곤충은 부피를 적게 차지하면서도 단백질이 매우 높다.

이 까닭에 현대 지구에서도 미래 식량으로 각광을 받고 있었다.

같은 사료가 있다면 소나 돼지보다 몇 배나 많은 양의 곤충을 키울 수 있고, 그들의 영양소는 같은 부피의 소나 돼지보다 월등히 높다.

당연히 동봉수에게 있어서 곤충은 매우 훌륭한 음식이었다.

저부피 고단백. 곤충에 대한 설명은 그걸로 족했다.

그는 망설이지 않고 인벤토리 안에 든 곤충을 모두 끄집어냈다. 그리고는 종류를 가리지 않고 한 움큼 쥐고 입에 털어 넣었다.

와그작.

기분 나쁜 소리가 마구간 안에 울려 퍼졌지만, 그건 일반인의 기준일 뿐, 동봉수에게는 아무렇지도 않은 소리였다.

한동안 동봉수는 뇌 활동을 정지시키고 식사에 집중했다.

이 모든 것 또한, 지금 그가 있는 이 세상이 게임이지만, 게임이 아니라는 증거.

게임 속에서는 음식을 먹을 수도, 배변 활동을 할 수도 없었고, 성기가 존재치 않았다.

하지만 그는 이곳에서 깨어난 지난 이 주간 하루도 빠지지 않고 미음과 곤충을 먹었고, 똥오줌을 쌌다. 아침에는 거르지 않고 발기도 했다.

"신무림 온라인."

이는 동봉수가 이 '게임'에 붙인 이름이었다.

앞서 얘기했듯, 그는 이곳이 어디인지 알지 못했다.

하지만 그는 무림 온라인의 운영자가 마지막으로 했던 말을 똑똑히 기억하고 있었다.

—그럼 무림 온라인과 함께 즐거운 시간이 되시길 빌겠습니다…….

즐거운 시간이라…… 그럼 즐겨 주지.

그것이 그의 마음이었다.

동봉수는 현실 세계에 전혀 미련이 없었다. 편안한 기계화 문명, 화려한 물질 문명, 회색빌딩 숲, 초스피드 광랜 인터넷 세상.

그따위 것들 모두 그에게는 무의미했다.

그는 그 자신만의 고유한 취미생활만 유지할 수 있다면 그 세상이 어디이든 상관없었다.

그리고 무엇보다도, 그는 이 세상이 마음에 들었다.

맑은 공기에 어울리지 않게, 이곳은 무정 세상일 것 같았으니까.

마칠과 몇몇 사람들, 그리고 가끔 보이는 무림인들의 움직임.

그 모든 것에서 그는 이 세상의 '비정함'과 '강자존(强者存)'에의 율법을 엿볼 수 있었다.

이곳이라면 자신의 취미 생활을 마음껏 영위할 수 있지 않을까.

아니, 애초에 본성을 숨길 필요가 없었다.

자신과 같은 육식동물들이 저 강호라는 이름의 밀림 속을 마음껏 누비고 있을 테니까 말이다.

그래서 그는 이곳을 '신무림 온라인'이라고 명명했다.

진정한 포식자들을 위한 게임.

신무림 온라인이라고.

동봉수는 천천히 몸을 일으켰다.

갈비뼈가 덜커덕거리는 것이 느껴졌지만, 최대한 조심하며 자리에서 일어섰다.

마구간에는 아직 숨은 곤충들이 많이 있을 터.

그 하나하나가 그의 회복을 돕는 데에 쓰일 것이다.

어쩌면 이곳에 있는 모든 곤충의 씨가 마를 때까지 동봉수의 곤충 섭식은 멈추지 않을지도 모른다.

찌찌.

느린 동작으로 곤충을 잡는 그의 눈에 쥐들이 보였다.

쥐를 잡을 수만 있다면 좀 더 빨리 체력을 회복할 수도 있을 것이다.

하지만 아직 마음먹은 대로 움직이지 않는 몸으로는 날래게 도망가는 쥐를 잡을 수가 없었다.

만약 쥐를 잡을 수 있다면 어쩌면 신무림 온라인의 새로운 법칙을 알 수 있을지도 몰랐다.

그의 실험 결과 곤충들은 아무리 많이 죽여도 경험치가 오르지 않았다.

만약 쥐 정도 크기의 설치류라면 경험치에 영향을 줄지도 모른다.

하지만 아직 무리였다.

그는 아직 쥐를 잡을 수 없다는 걸 인지한 순간 모든 행동을 멈추었다. 되지 않을 일에 쓸데없이 힘을 쓸 만큼 동봉수는 어리석지 않았다.

이제 그가 이 더러운 마구간 안에서 더 이상 할 일은 없었다.

그는 다시 모든 생각의 끈을 놓고는 잠에 빠져들었다.

아마 잘 먹고 잘 자면 몇 주 안에 체력을 완벽하게 회복할 수 있으리라.

그때부터는 좀 더 본격적으로 신무림 온라인 탐문에 나설 수 있을 것이다.

마구간은 얼마 지나지 않아 다시금 푸르륵거리는 말소리만이 조용히 깔리게 되었다.

$$* \quad * \quad *$$

신무림 온라인 제1법칙 : 인벤토리는 칸제가 아니라 공간제다. 공간은 가로, 세로, 높이가 똑같은 백 평의 큐브모양이다.

$$* \quad * \quad *$$

몇 주 뒤, 동봉수는 체력을 거의 회복했다.

이제는 활동하는 데에 크게 지장이 없을 정도였다. 아직 움직일 때마다 가슴 쪽이 조금 쑤시기는 했지만, 일상생활은 충분히 할 수 있었다.

그럼에도 여전히 마칠이 올 시간에는 어김없이 새끼줄을 가슴에 감고 누워 있었다.

이는 아직 그가 바깥으로 나갈 준비가 안 되었기 때문이었다.

이곳의 언어, 생활 습관, 지리, 문화 등 익힐 것이 너무도 많았다.

가장 큰 문제는 '이 몸'이 아직 약하다는 것이다.

현대 지구의 동봉수는 각종 격투기와 각종 지식으로 무장된 그 세계의 강자였다.

하지만 이 몸의 주인이었던 소삼은 이 무림이라는 세계의 최하층민으로서 가진 것이 아무것도 없었고, 육체 또한 보잘것없었다.

각종 노역으로 단련되었을 법도 하지만, 고생으로 인해 오히려 몸 곳곳이 많이 상해 있었다.

그는 이 문제들을 해결하기 전까지는 이곳, 단리세가를 떠날 생각이 없었다.

지금 이 상태로 강호라는 세상으로 나갔다가는 생존을 장담하기 어려울 터.

동봉수는 불확실한 상황에 몸을 맡길 만큼 무모하지 않았다.

그렇다 하더라도 한정 없이 이렇게 누워 있을 수는 없다.

계속 이런 식으로 세가에 도움이 되지 않는다면, 결국에는 내쳐지게 될 것이다.

그렇게 되지 않을 정도까지만 버텨야 한다.

시간을 끌되 쫓겨나지는 말아야 한다.

그 시간 동안 아까 언급된 것들뿐만 아니라, 신무림 온라인 시스템에 대해서도 조금씩 파악해 나가야 한다.

아직은 몇 가지 알아낸 게 없었다.

알아낸 것들도 모두 인벤토리에 관계된 것이었다.

다른 창들은 여전히 '?' 라는 갑옷으로 자신들을 숨기고 있었다.

아마 이것들은 레벨업이 됨에 따라 하나씩 그 옷들을 벗으리라.

하지만 꼭 그럴 것이라고 장담할 수도 없었다.

최악의 경우 인벤토리 이외에는 무용지물일 수도 있었다. 이 경우 그는 강해질 다른 방도를 구해야만 할 것이다.

동봉수는 가장 먼저 이곳의 언어부터 익혀 나갔다.

그는 언어 교범의 필요성을 느꼈다. 머릿속으로만 생각하고 듣는 걸로만 익숙해지려면 최소한 일 년 이상은 걸리리라.

언어 교범?

그런 걸 어느 누가 미쳤다고 그에게 만들어 주겠는가.

결국, 그는 스스로 만들 수밖에 없었다.

교범은 책이다. 책을 만들려면 우선 종이가 있어야 했다.

이 마구간에 종이 같은 것이 있을 리가 없었다. 그는 이것저것 살피다가 마땅한 것 한 가지를 찾아냈다.

그걸 찾아냄으로써 종이 대용품뿐만 아니라, 잉크 대용품까지 확보하게 되었다.

그가 찾아낸 건 바로 쥐.

몸이 덜 나았을 때부터 노리고 있던 녀석들이었다. 그는 바로 실행에 옮겼다.

동봉수는 밤만 되면 쥐를 잡았다.

잡은 쥐는 껍질을 벗기고 내장을 제거해 햇볕에 잘 말려서 먹었다. 가죽은 좀 더 바짝 말려서 종이처럼 사용했다.

쥐의 피는 한 방울도 남김없이 짜서 쥐 가죽으로 만든 주머니에 담아 인벤토리에 보관했다.

그는 말총으로 붓도 만들었다.

이 과정에서 그는 새로운 법칙도 하나 알아냈다.

쥐를 수십 마리 죽였지만, 경험치 바에는 아무런 변화가 없었다.

쥐는 경험치 제로의 동물이었던 것이다.

그렇다고 해도 모든 동물이 경험치가 없을 거라는 단정은 내리지 않았다. 쥐가 너무 약해서 그런 것일 수도 있다.

그는 이 법칙에 대한 판단을 일단은 보류했다.

이제 종이, 잉크, 붓이 완비되었다.

그는 마칠이 구시렁대는 것과, 마구간에 찾아오는 사람들의 대화를 잘 기억해 놨다가 그들이 사라지면 쥐 가죽과 말총 붓, 쥐 피를 꺼내 그 발음과 추정되는 뜻을 한글로 옮겨 적었다.

한 달쯤 더 지나자 수십 장의 쥐 가죽에 깨알 같은 글씨가 적힌 중국어 고어체 교범이 완성되었다.

아마 현대의 누군가가 이 책을 봤다면 아주 그럴듯하다고 느꼈을 것이다.

그 정도로 깔끔한 글씨체와 정리 정돈이 잘된 책이었다.

어느 누가 글씨는 마음의 창이라고 말했는가.

이는 거짓임이 분명하다.

동봉수의 글씨체를 보라. 완벽하다.

그의 글씨는 세상 어느 누구의 것보다 반듯했다.

만약 글씨로 그 사람을 판단할 수 있다면 동봉수는 완전체였다. 아니, 어쩌면 글씨가 마음의 반영이 맞을 수도 있겠다.

그의 마음은 언제 어느 때고 동요하지 않을 테니까.

동봉수는 교범이 만들어진 때부터 마칠에게 몸이 다 나았다는 티를 냈다.

교범을 만들면서 이제 웬만한 말은 다 알아들을 수 있었기 때문이었다.

하지만 그는 여전히 벙어리인 척했다.

아직 발음이 어눌했고, 단어의 조합 능력이 현지인들에 비해서 현저히 떨어졌기 때문이다.

그의 이 연기는 말을 완벽하게 한다 해도 어쩌면 계속될 수도 있었다.

그편이 그의 본색을 숨기는 데에 더 적합하다면, 그는 얼마든지 그렇게 할 것이다.

"아우, 이 팔푼이 새끼. 기어이 벙어리가 되었구만."

마칠은 동봉수가 몸이 다 나았는데도 여전히 말을 하지 못하자, 그를 마아삼이라고 부르기 시작했다. 마변삼도 멸칭이었지만, 마아삼은 더한 멸칭이었다.

마아삼(馬啞三).

벙어리라고 해서 붙여진 동봉수의 새로운 이름.

그에게는 이제 이름이 네 개였다.

동봉수, 소삼, 마변삼, 마아삼.

동봉수를 제외한 나머지 세 개는 단리세가의 모든 이들이 자신들이 원하는 대로 부르는 동봉수의 '가명'.

아무도 그가 동봉수라는 사실을 몰랐다.

절대 벗겨지지 않는 가면, 가명, 그리고 완벽한 벙어리 연기 뒤에 감춰진 그의 진짜 얼굴과 진짜 이름을 아직까지는……

아무도 몰랐다.

동봉수는 드디어 마구간을 벗어나서 단리세가 안을 마음먹은 대로 돌아다닐 수 있게 되었다.

물론 여전히 제약은 많이 존재했다.

시도 때도 없이 시비를 거는 세가 무사들과 같은 고공인데도 마고공이라는 이유 하나만으로 그를 천시하는 고공들,

그리고 하인들. 심지어 아침저녁으로 말을 산책시키기 위해서 봉양(鳳陽)의 성도를 거닐 때도 사람들은 그를 가만히 놔두지 않았다.

[저 머저리 새끼, 이제는 말까지 못한다며?]
[그럼 똥쟁이 벙어리네? 똥머저리 벙어리구나.]
[똥벙저리라고 불러 줘야겠네! 이제! 하하하.]

동봉수는 갖가지 모욕을 받았지만, 아랑곳하지 않았다.
아니, 그럴수록 오히려 더 바보가 된 것처럼 행동했다.
욕을 먹으면 헤헤, 돌을 맞으면 아야, 무시를 받으면 당연한 듯 고개를 숙였다.
똥쟁이에 벙어리, 머저리. 똥벙저리, 마아삼 등의 별명이 추가되면 될수록 역설적이게도 그의 연기가 완벽하다는 방증이 되었다.
이 모든 악담과 폭언, 폭력은 한동안 그의 정체를 숨기는 방패가 되어 줄 것이다.
그리고…….
이곳, 단리세가, 더 나아가서 봉양의 누구도 모르리라.
동봉수에게는 방패가 되어 줬던 그 모든 것들이 저들에게는 칼로 변해서 되돌아갈 거라는 사실을 말이다.
동봉수는 욕을 통해 말을 배웠고, 두들겨 맞으면서 봉양의 지리를 파악했으며, 바닥에 납작 엎드린 채 이곳의 문화를 익혔다.

그렇게 그는 차츰 어둠 속에 자연스럽게 묻어 들었다.

그는 그림자였다.

길고 큰 그림자였지만 너무도 음습해서 아무도 알아보지 못했다.

어느 누구도 그의 탁월한 평범함을 알아채지 못했다.

그림자는 그렇게 아무도 몰래 음지에서 점점 짙어지고 있었다.

몸을 숙인 지 몇 달이 더 흐른 어느 날, 그가 드디어 사냥을 개시했다.

*　　*　　*

마칠은 요즘 들어 살맛이 났다.

전화위복이라고나 해야 할까?

높으신 어르신네들이 자주 쓰던 말이 이럴 때 쓰라고 있는 게 아닌가 싶었다.

마아삼 녀석이 처음 다쳤을 때는 열도 받고 불만도 넘쳤다.

누가 남의 일, 그것도 자기보다 훨씬 못한 인간의 일을 대신 떠맡고 기분 나쁘지 않겠는가?

하지만 역시 고생 끝에 낙이 온다고, 그렇게 열심히 마아삼의 뒤치다꺼리를 하며 했던 고생을 이제야 보상받고 있었다.

비록 실어증에 걸렸지만, 다시 일어난 마아삼은 그의 말을 아주 잘 들었다.

시키지도 않았는데, 미리 병고공 일들을 알아서 척척 했다. 벙어리가 되어서 그런지 몰라도, 뒤에 달던 말 토씨도 없어졌고, 일도 아주 성실히 했다. 잔뜩 억울해하던 눈빛도 사라졌다.

지금 마아삼의 눈을 보면 그저 투명했다.

너무도 맑고 투명해서 가끔은 그동안 괴롭힌 게 미안할 지경이었다.

오늘도 마아삼이 아침 일찍부터 일어나서 마칠이 해야 할 일 대부분을 끝내 놓았다.

그 덕분에 마칠은 세가 뒤뜰에서 편안하게 한숨 더 자는 사치를 누릴 수 있었다.

"으아함—"

평소보다 푹 잤더니, 온몸이 개운했고 아랫도리에 힘이 빡 들어가는 마칠이다.

게다가 아침에 일어나자마자 다시 잔다고 일일 행사인 손 운동도 하지 못했다.

당연하게도 하물이 빳빳하게 고개를 쳐들고 있었다.

마칠은 흉물스럽게 불룩 솟아 있는 하물을 툭 치며 말했다.

"자식이, 어디서 돈 냄새는 맡아 가지고. 그래그래, 좀

만 참아라. 지금 바로 구멍 맛 보여줄 테니까."

그는 어제 품삯을 받았다.

매번 모든 품삯을 받는 대로 앵앵이 궁둥이와 가슴팍에
꽂았다.

그게 그의 유일한 삶의 낙이었다.

무시당하고 사는 인생에서 그나마 살아 있다는 걸 느낄
때가 여자를 안을 때와, 그보다 못한 인간인 소삼을 괴롭힐
때뿐이었다.

그 때문에 그는 품삯을 받을 날만 기다리고 있었다.

물론 그걸 알고 마칠을 뜯어먹고 사는 앵앵이도 마찬가
질 테지만.

"주머니도 두둑한데 오늘은 앵앵이 말고 초선이 속살 맛
좀 볼까? 초선이 고게 아주 그냥 맛깔나게 익었던데."

오늘 그의 하물의 사냥감이 순간적으로 변경되었다.

"그래, 사람이 어떻게 매번 밥만 먹고 사나. 가끔은 육
고기도 먹고, 물고기도 먹고, 영계도 먹고 해야지. 흐흐
흐."

마칠은 음탕하게 웃으며 자리에서 일어났다.

그는 바로 봉양객잔으로 출발했다.

그가 사냥감을 바꾼 이유는 오늘은 평소 품삯 날보다 더
욱 주머니가 두툼했기 때문이었다.

마칠이 아침에 일어나서 병기 정돈을 하러 갔을 때, 이미
소삼이 일을 다 끝내 놓았고, 그 위에 가죽 주머니 하나가

놓여 있었다.

그 안에는 돈이 들어 있었는데, 누가 놔뒀는지는 생각해 보지 않아도 알 수 있었다.

"새끼. 이제야 세상 살아가는 방법을 터득했구먼!"

힘이 없다고 매일 머리만 조아리고, 무릎 꿇고 빌고 애원하기만 해서야 어디 세상 제대로 살 수 있겠는가. 힘이 없다면 이런 식으로 융통성을 발휘할 줄 알아야겠지.

마칠은 앞으로는 소삼을 조금, 아주 조금은 덜 괴롭히도록 해야겠다고 마음먹었다.

그러다가 상납하는 금액이 줄어들면 더 심해질지도 모르지만 말이다.

봉양객잔으로 향하는 마칠의 입에서 절로 콧노래가 흘러나왔다.

초선이는 머리를 올린 지 얼마 되지 않은 유녀. 그래서 아직 어리고 탱탱했다.

그가 품삯 날마다 안는 앵앵은 사실 봉양객잔에서 제일 싼 유녀였다.

앵앵이 좋아서 그녀를 안는 것이 아니라, 주머니가 가벼웠기에 어쩔 수 없이 앵앵을 선택하는 것이었다.

하지만 오늘은 달랐다. 주머니가 무거워진 만큼 오늘은 좀 더 '고품질'의 여자를 안고 싶었다.

지금 자기가 가진 돈이면 초선이의 하룻밤 정도는 충분히 살 수 있으리라.

그는 이미 머릿속으로 초선이의 탱글탱글한 엉덩이를 두드리고 있었다.

그에 절로 하물에 힘이 들어갔다.

그는 행여나 길거리 사람들이 볼까 싶어 잠시 흥분을 가라앉힌 후 다시 봉양객잔으로 향했다.

흥분 때문인지 그의 발걸음은 평소보다 몇 배나 가벼웠고, 얼마 지나지 않아 봉양객잔에 도착할 수 있었다.

"어서 옵쇼. 아이고, 형님! 오래간만이십니다."

봉양객잔의 점소이가 그를 알아보고 반갑게 맞았다.

단골손님이면 누구에게나 나리나 형님이라고 부르는 녀석.

녀석의 나리라는 말은 있어 보이는 손님이라는 뜻이었고, 형님은 그냥저냥 만만한 손님이라는 뜻이다.

마칠은 그 사실을 잘 알고 있었지만, 굳이 신경 쓰지 않았다.

이곳이 아니라면, 그는 어딜 가서도 형님 대접을 받을 수 없다는 걸 잘 알고 있었다.

"초선이 좀 불러다오."

"초선이오? 앵앵이 아니라?"

"그래."

점소이의 눈이 게슴츠레해졌다. 마칠은 그 눈빛이 무슨 뜻인지 금세 알아챘다.

"돈 있어. 자, 여기."

그는 가죽 주머니에 든 돈을 몽땅 점소이에게 던졌다.

그 안에는 이번 달 치 품삯이 전부가 들어 있었다. 물론 마아삼이 준 돈도 같이.

점소이는 가죽 주머니를 받아 안을 보고는 조금 놀라는 눈치였다.

"이거 훔친 거 아니오?"

"이 자식이!"

"아, 아니면 됐소. 뭘 그깟 걸로 화를 내시오? 그럼 이 층 젤 끝 방에 가 계시오. 금방 초선이 대령합죠."

객잔은 원래 숙식을 제공하는 곳이다.

하지만 봉양객잔은 달랐다. 이곳은 숙식, 그 두 가지에 여자까지 파는 곳이다.

봉양의 번화가 뒤쪽에 있는 홍등가와 연계해서 장사를 하고 있었다.

이곳뿐만 아니라, 근처에 있는 객잔들 모두가 이런 식으로 장사를 하고 있었다.

그 덕에 다 죽어 가던 이곳 객잔들이 모두 살아났다. 관에서는 이런 영업 행태에 대해 알면서도 모두 눈을 감아 줬다.

왜냐하면, 이곳의 주 고객층 중에는 관의 관리들도 많았기 때문이었다.

덩달아 뇌물도 두둑이 받고 있었다.

돈과 여자.

그건 어느 세상에 가든 연결되어 움직이는 것이다. 다른 말로 하면 돈만 있다면 아무리 낮은 신분이라도 예쁜 여자를 차지할 수 있는 것이 세상이었다.

그게 주운 돈이든, 훔친 돈이든, 뺏은 돈이든, 삶은 돈이든, 번 돈이든. 그게 어떤 돈이든 상관없이······.

돈에는 명패(名牌)가 붙어 있지 않았다. 돈은 그냥 돈일 뿐이다.

점소이는 금세 헤실헤실 거리며 마칠을 봉양객잔 안으로 들여보냈다.

마칠이 돈을 훔쳤건 아니건 그는 장사만 하면 그만이니까.

일을 치른 후 마칠이 잡혀가건 말건 그가 알 바는 아니었다.

마칠은 점소이의 말투에 기분이 나빴지만, 더 따지지 않고 객잔 이 층으로 올라갔다.

점소이는 객잔 내에서 일하는 다른 점소이에게 얘기해 초선을 마칠의 방으로 들여보내라고 하고는 다시 객잔 밖으로 나왔다.

그 잠깐 사이, 새로운 손님이 입구에 와 있었다.

그는 점소이도 일전에 한 번 본 적이 있는 사내였다.

꽤 멀쩡해졌지만, 여전히 추레한 몰골의 남자.

봉양에 사는 사람이라면 웬만하면 그 이름, 아니, 별명만 들으면 알만 한 가장 밑바닥 인간.

바로 소삼이었다.

"무슨 일이야?"

점소이는 소문을 들어서 소삼이 말을 하지 못한다는 걸 이미 알고 있었다.

대답을 하지 못할 걸 알고 일부러 그렇게 물은 것이다.

봉양객잔 근처에 이런 놈이 얼쩡거리면 다른 손님들이 꺼릴 수도 있어서 미리 쫓아낼 생각이었다.

이 모든 불친절은 당연히 소삼이 봉양객잔의 손님일 리 없다는 판단에서 취해진 것이었다.

하지만 오늘은 좀 특별한 날이었나 보다.

소삼, 아니, 동봉수는 실없는 미소를 흘리며 엽전 몇 닢이 든 주머니를 점소이에게 건넸다.

그리고는 침을 질질 흘리며 말했다.

"애…… 애……."

점소이는 그게 뭘 말하는지 금방 알아들었다.

피식.

점소이가 한쪽 입꼬리를 올리며 손짓으로 봉양객잔의 입구를 가리켰다.

"새끼, 꼴에 남자라고. 들어가."

"……."

"이 층 끝에서 두 번째 방에 가 있어. 금방 앵앵이 갈 거야."

동봉수는 더 이상의 웅얼거림 없이 봉양객잔 안으로 들

어섰다.

그런 그의 뒷모습을 바라보던 점소이가 가볍게 한마디 툭 내뱉었다.

"오늘부터 마칠이랑 저놈이랑 구멍동서로군."

동봉수가 배정받은 방은 바로 마칠의 옆방이었다.

"헉헉."

"아흑!"

마칠의 하체가 빠르게 움직이고 있었다.

그 움직임에 초선이 보조를 맞춘다.

마칠이 초선의 엉덩이를 치면 초선이 잠깐 앞으로 갔다가 다시 뒤로 돌아왔다.

찰싹.

살과 살이 부딪히는 육감적인 소리.

마칠은 공이, 초선이 절구가 되어 방앗간 운동이 계속되었다.

마칠의 바짝 성난 양물이 초선의 엉덩이 아래로 사라졌다가 나타났다가를 반복했다.

그럴 때마다 초선은 숨이 넘어갈 듯 허리를 꼿꼿이 세우며 달뜬 교성을 마음껏 뽐냈다.

"하아아앙!"

시간이 지날수록 마칠의 움직임은 점점 격렬해져 갔다.

이제 누가 봐도 절정이 멀지 않은 상황.

슥.

그런 그의 뒤로 그림자 하나가 다가오고 있었지만, 마칠은 전혀 눈치채지 못했다.

극락이 눈앞인데 어디 다른 데 신경 쓸 겨를이나 있겠는가.

"훅훅! 좋아? 좋지! 좋아 죽겠지?"

"조, 좋아! 아아! 더, 더!"

초선도 마칠과 함께 서방정토(西方淨土)로 가고 있는 중이었다.

이럴 때는 천지가 무너져도 모르는 법.

그녀 역시 그림자의 존재는 전혀 눈치채지 못하고 있었다.

그림자는 천천히 양손에 쥔 천을 마칠의 머리 위쪽에 드리웠다.

그리고 한순간!

"컥!"

마칠이 눈치챌 틈도 없이 그의 목을 천으로 감아 돌렸다.

마칠의 동공이 커졌다. 하지만 그의 비명은 단 한 톨만이 새어 나왔을 뿐.

초선의 엉덩이를 잡고 돌리던 그의 양손이 그림자의 손을 붙잡았지만, 역부족이었다.

마칠의 핏발 선 동공이 점점 위로 올라가며 이내 검은 눈동자가 보이지 않게 되었다.

죽음에 대한 두려움으로 그의 온몸이 떨려 왔다.

그 덕분에 초선은 더 빨리 절정으로 향해 가고 있었다.

진동자(振動子)처럼 초고속으로 떨리는 마칠의 하반신에 초선은 아주 자지러졌다.

"아아악! 아……."

그것이 바로 회광반조(回光返照)의 움직임이라는 걸 초선은 몰랐다.

급기야 초선의 눈에 힘이 풀렸다. 그 정도로 마칠의 마지막 떨림은 대단했다.

그의 급격한 떨림이 이내 멈췄다.

그러자 그림자가 무릎으로 마칠의 허리를 압박했다.

그러고는 마칠이 했던 것과 꼭 같은 반동을 시작했다.

"아흐흑!"

초선의 몸이 다시금 뜨겁게 달아오른다.

그림자의 무릎 반동은 초선의 엉덩이와 아름다운 화음을 이루었다.

그의 무릎이 앞으로 가면 마칠의 허리가 앞으로 가며 초선의 하체를 거칠게 두드렸다.

"아아악!"

그림자, 동봉수는 쉬지 않고 계속 무릎을 움직였다.

이미 마칠의 목은 완전히 꺾여 제구실을 하지 못하고 있었다.

하지만 그의 양물(陽物)은 달랐다.

딱딱하게 굳은 쇠꼬챙이.

바로 강철 몽둥이 그대로였다.

사후경직이 가지고 온 완벽한 남근에 초선은 미칠 수밖에 없었다.

"악! 꺄악! 나 죽어!"

환희의 비명을 내지르는 초선을 내버려 둔 채 동봉수는 허공을 바라보고 있었다.

그 모습은 뭔가를 확인하는 것 같았다. 그런 상태에서 잠시 동안 그의 무릎과 초선의 성교는 멈추지 않았다.

얼마 뒤.

"아아악!"

초선이 격렬히 몸을 떨며 생애 다시없을 절정을 느끼는 바로 그때.

동봉수는 확인하던 일을 끝내고는 마칠의 목에 감긴 천을 풀어 초선의 목을 감았다.

우두둑.

짧은 소음과 함께 가녀린 그녀의 목이 제 위치를 잃고 덜렁거렸다.

"끅!"

초선은 지지로도 운이 없는 여자다.

오늘 마칠이 뜬금없는 변덕을 부리지만 않았다면 죽는 여자는 초선이 아닌 앵앵이었으리라.

그녀는 달뜬 단말마의 비명과 함께 이승을 하직했다.

그나마 그녀에게 다행이라면 서방정토에 간 시점에서 목숨을 잃었다는 것이었다.

혹시 아는가. 그대로 서방정토에 남아서 영원한 행복을 누리게 될지.

동봉수는 아까 마칠을 죽였을 때처럼 허공을 바라보며 뭔가를 확인했다.

그건 바로 경험치 변화를 확인하는 행동이었다.

경험치 바에는……

변화가 있었다.

아주 조금이었지만, 분명히 바(Bar)에 노란색 게이지(Gauge)가 차 있었다.

거의 티끌 정도 수준이었지만, 이전까지 아무 변화가 없었기에 한눈에 알아보는 데는 문제가 없었다.

곤충과 쥐는 경험치가 없었으나 사람은 달랐다.

만약 오늘의 살인으로 경험치 변화가 없었다면, 동봉수의 이후 행보는 완전히 달라졌으리라.

하지만 문제점도 있었다.

그 경험치 양이 너무도 적다는 것이었다.

그로 인해, 강함에 따른 경험치의 양이 차이가 있는지 없는지에 대한 확인에 실패했다.

마칠과 초선을 죽일 때 시간차를 준 이유도 그걸 확인하기 위해서였다.

그 덕분에 초선은 극락왕생(極樂往生)할 수 있었다.

어쨌든 동봉수의 안력으로는 그 차이를 구별해 낼 수 없었다.

동봉수는 둘의 시신을 지붕과 기둥 사이를 떠받치는 들보에 매달았다.

이제 둘은 자살한 것이 되었다.

사실 동봉수는 이 둘의 시체를 인벤토리에 담아 다른 곳에 내다 버릴 수도 있었지만, 그냥 자살로 처리하는 방법을 선택했다.

그쪽이 뒤탈이 없다는 판단에서였다.

그는 그렇게 일을 끝마친 후 벽으로 다가갔다.

벽은 호피무늬가 멋지게 수놓아진 천이 발처럼 늘어져 있었다.

촤악.

동봉수가 천을 걷었다.

111111……자 형으로 주루룩 연결된 나무기둥으로 된 벽이 나타났다.

그런 식으로 나란히 선 나무기둥들이 들보를 떠받치고 있었고, 들보는 또 'ㅅ' 모양의 천장을 떠받들고 있었다.

이곳 봉양에서는 대부분 집이 이런 식의 조립식 건물로 지어져 있었다.

나무기둥 곳곳에 홈을 파서 서로 유기적으로 연결해 쌓아 올리는 설계 공법이었다.

이런 모양의 주택에서는 나무기둥 한두 개가 빠진다 하

더라도 천장이 무너지지는 않는다.

그걸 증명이라도 하듯 맨 마지막 나무기둥 하나가 없었다.

거기에는 나무기둥 대신 사람이 지나다닐 수 있을 정도 크기의 구멍이 생겨 있었다.

도대체 어떻게 된 일인가?

정상적인 방법으로는 달랑 저 기둥 하나만 빼내는 건 불가능했다.

조립식 집은 정교한 레고 블럭과 같다. 위에서부터 차례차례 하나씩 뜯어 나가지 않고는 가운데 하나를 없애는 건 실로 어려운 일이었다.

하지만……

동봉수는 보통 사람이 아니었다. 그는 특별한 사람이었다.

반인반캐.

이곳의 누구도 할 수 없는 일이라도 그는 해낼 수 있었다.

동봉수는 뚫린 구멍으로 들어가 한 발을 디뎠다.

이제 그는·마칠의 방이 아닌, 그 옆방에 서 있게 되었다.

이로꺼 그는 완벽히 용의선상에서 벗어났다.

어차피 이미 사건은 마칠과 초선의 자살로 종결될 상황이었지만, 설사 누군가 그들이 살해당했다고 의심한다 하더라도 범인을 찾을 수는 없으리라.

이제 곧.

퍽—

저 방은 밀실(密室)이 될 테니까.

가벼운 음향과 함께 비었던 구멍에 다시 나무기둥이 생겼다.

이 기술은 사실 그리 간단한 것이 아니다.

기둥을 뽑는 건 기둥 간 아교칠 같은 것이 되어 있는 것이 아니니 별문제가 없었지만, 다시 끼우는 건 상당히 정교한 '인벤토리 컨트롤'이 필요했다.

인벤토리에서 빼낼 때, 단 한 번에 모든 이음매에 맞게 꺼내야 하기 때문이다.

이를 위해 동봉수는 지난 몇 달간 정교한 인벤토리 사용법을 연마했다.

그리고 확신할 수 있었다. 이 인벤토리가 앞으로 그에게 무한한 도움이 되리라는 것을.

이번 일은 그 시작에 불과했다.

이제는 누구도 마칠과 초선이 어떻게 죽었는지 정확히 알 방법은 없게 되었다.

밀실 자살이든 밀실 살인이든 어느 쪽이든지 상관없다.

죽은 자만 있을 뿐, 죽인 자가 없다. 살인자가 스스로든 타인이든 말이다.

동봉수는 방 가운데 가서 앉았다.

그는 조금 전 신무림 온라인의 또 다른 법칙을 확인했다.

사람은 경험치.

아직 완벽하지는 않았지만, 경험치인 것만은 부정할 수
없었다.

경험치가 쌓이면 레벨업을 할 수 있다. 레벨업을 하면 강
해진다. 강해지면 보다 수월하게 사냥을 할 수 있다. 사냥
이 수월해지면…… 더 빨리 경험치를 쌓을 수 있게 된다.
경험치가 쌓이면……

무한한 '선순환(善循環)'이 일어난다.

물론, 누군가에게는 무한한 '악순환(惡循環)'이 될 테지
만.

이로써 동봉수에게 새로운 살인의 동기가 부여되었다.

드르륵.

이때 문을 열고 육감적인 몸매를 가진 여인, 앵앵이 한
상 거하게 차려서 방으로 들어섰다. 이는 동봉수가 마칠을
처리하기 위한 시간을 벌기 위해 시킨 일이었다.

음식들에서 따끈따끈한 김이 모락모락 올라왔다.

그 모습이 마치.

살인마의 적응(適應)을 축하하는 것처럼 보였다.

축제가 시작되었다.

"아아흑!"

동봉수의 허리가 빠르게 움직인다. 그 움직임에 맞춰 앵
앵의 엉덩이가 파도처럼 일렁였고, 교성이 끈적하게 방을

덮혔다.

동봉수의 섹스 테크닉, 이곳말로 하면 방중술(房中術)은 가히 천의무봉(天衣無縫)이었다.

성에 관해서 만큼은 이곳, 무림이 현대 지구를 따라갈 수 있을 리가 없었다.

동봉수는 살인에 필요한 모든 기술에서 전문가였다.

그녀는 알지 못했지만, 앵앵은 오늘 운이 좋았다.

죽을 운명을 비켜 갔으며, 산 채로 극락을 구경하고 있으니, 이 얼마나 행운인가.

동봉수의 허리가 기묘하게 돌아가며 앵앵의 성감대를 폭풍처럼 두드렸다.

"흐으윽!"

앵앵이 인생에 다시없을 절정을 느끼며 자지러진다.

하지만 만약 앵앵이 지금 고개를 돌려 동봉수의 눈을 쳐다봤다면 몸에 올랐던 열기가 한순간에 식었으리라.

동봉수의 눈은 고요했다.

마치 죽은 자들이 건넌다는 삼도천(三途川)의 수면처럼 낮고 고요하고 음악(淫惡)했다.

그 섬뜩한 모습에 하늘도 놀랐는지, 갑작스레 천둥이 쳤다.

콰과광!

이어서 비가 쏟아졌다.

오늘은 동봉수가 이곳에 온 이후 최초로 살인과 섹스를

한 날이었다.

　그 '끔찍한 적응'에 대한 두려움으로 하늘도 울고 있었
다.

＊　　＊　　＊

　신무림 온라인 제2법칙 : 동봉수는 신체 어느 부위와 직
접적으로 맞대고 있는 어떤 물건이라도 인벤토리 안에 넣
을 수 있다.(단, 그 크기가 인벤토리보다는 작아야 하며 생
물이 아니어야 한다.)

　신무림 온라인 제3법칙 : 곤충과 동물(아직 확실한 건 아
니다. 쥐 이외의 다른 동물 실험 필요.)은 경험치가 없고,
인간을 죽이면 경험치가 오른다.(강함과 약함에 따른 차이
확인 필요.)

第三章

진화(進化)

絕
世
狂
人

　사람들은 사이코패스가 괴물 같이 생겼을 거라고 간주하는 경향이 있는데 전혀 그렇지 않다.

　우리 사회를 활보하는 이 괴물들은 정상적인 친지나 친구들만큼이나 자연스럽게, 때로는 그들보다 더 설득력 있게 미덕을 보여 준다.

　밀랍으로 만든 장미꽃이나 플라스틱 복숭아가 실제 꽃이나 과일보다 더 실물처럼 보이는 것과 비슷한 이치이다.

　　　　　　　　　　— 윌리엄 마치(William March),
　　　　　　　　　　　나쁜 종자(The Bad Seed)

　　　　　*　　　*　　　*

안휘성(安徽省).

북부에 회하(淮河)가 흐르고, 중앙부에는 양자강(揚子江)이 동류(東流)하여 광대한 전원지대를 이룬다.

이 두 하천의 연안지대에는 소택지(沼澤地)가 널리 분포하여 땅의 비옥함을 뽐낸다.

그 상징물이 바로 중원의 자랑거리인 화북(華北)평원과 소호(巢湖)이다.

예로부터 풍요롭고 기름진 땅과 큰 강, 그리고 호수들의 교류로 인해, 이 땅에는 상업과 무역이 발달했다.

지리적으로도 장사에 유리해서, 동쪽으로 강소성(江蘇省)과 절강성(浙江省), 북으로는 산동성(山東省), 서쪽으로는 호북성(湖北省), 하남성(河南省)과 인접하여 있다.

자연스레 전국의 물산이 집결했으며, 돈이 몰렸다.

구린 냄새를 풍기는 곳에 파리가 꼬이듯, 돈 냄새가 많이 나는 곳에는 응당 도둑이나 사도문파의 무뢰배들이 꼬이는 법.

그런 그들을 물리치고 강호의 도의를 지키는 문파들도 안휘성에는 많이 생겨났다.

그중 가장 대표적인 문파가 합비(合肥)에 있는 중원오대세가(中原五大世家)의 하나인 남궁세가(南宮世家)였다.

남궁세가는 중원오대세가 가운데에서도 단연 으뜸이었다.

그들이 문을 연 이후 안휘성은 단 한 번도 사파나 마도의 무리들에게 유린된 적이 없었다.

제왕검형(帝王劍法), 창궁무애검법(蒼穹無涯劍法), 대연검법(大衍劍法), 섬전십삼검뢰(閃電十三劍雷), 천풍검법(天風劍法), 천뢰제왕신공(天雷帝王神功), 창궁대연신공(蒼穹大衍神功), 천뢰기(天雷氣), 천뢰삼장(天雷三掌), 천풍장력(天風掌力), 대창궁무애검진(大蒼穹無涯劍陣)…… 등 그 이름만 들어도 사도방파의 인원이라면 벌벌 떨 무공들로 무장한 남궁세가는 홀로 높은, 안휘제일대파(安徽第一大派)였다.

남궁세가의 위세가 워낙 대단하여 안휘성에 있는 다른 문파들은 달 앞의 반딧불이마냥 그 존재가 미미했지만, 그래도 각 현(縣)과 시(市)마다 문파들이 존재했다.

그 많은 문파 중에는 단리세가도 있었다.

비록 남궁세가에 비할 바는 못 되지만, 봉양에서 만큼은 최고의 세가였다.

오죽하면, 봉양에서는 단리라는 성씨를 가진 사람은 죽어서도 사두마차를 타고 다닌다는 말이 생겼겠는가.

단리세가에는 정보 및 집법단체로 흑오단(黑五團)이 있고 세가의 전문무력단체로 십자천검단(十字天劍團)이 있다. 이들은 모두 세가의 비전무공인 비천검법(飛天劍法)과 단천비검술(斷天飛劍術)을 익히고 있었으며, 그 명성이 안휘성 내에서 대단했다.

특히, 흑오단은 그 정보 수집 능력이 타의추종을 불허하였다.

어느 정도인가 하면, 정보에 대해서라면 둘째가라고 하면 서러워할 개방(丐幫)의 거지들 또한, 봉양성에서 만큼은 단리세가의 흑오단에 한 수 접어 둘 정도였다.

한데 지금 그런 흑오단이 최근에 일어난 일 때문에 골머리를 앓고 있었다.

자살역병(自殺疫病).

요즘 봉양 내에서 자살이 역병처럼 유행한다 하여 사람들 사이에서 퍼지고 있는 말이었다.

근 한 달 동안 무려 이백여 명에 달하는 사람들이 자살했다.

비정상적인 현상이었다.

예전에도 자살자가 있기는 했지만, 이렇게 많지는 않았다. 해야 한 달에 한두 명 정도.

살인 사건이 한 달에 이백 건이 벌어진다고 해도 큰일이 난 듯 뒤집어질 정도인데, 자살사건이 이백 건이나 벌어졌으니 보통 일이 아니었다.

이에 성의 주민들이 동요하고 있었다.

귀신이 와서 사람들을 몰래 죽이고 자살로 위장하고 있다는 둥, 철선충(鐵線蟲)이 곤충뿐 아니라 사람을 자살하게 만들고 있다는 둥, 진짜 자살역병이 창궐을 했다는 둥.

이외에도 여러 가지 가설이 풍문으로 떠돌고 있었다.

무성한 소문 중 어느 것이 맞건 간에 흉흉하기는 마찬가지였다.

이 가운데, 관에서 주목한 가설이 하나 있었다.

그것은 바로 사도문파의 봉양 진입설이었다.

무림에 알려지지 않은 무서운 사파집단 하나가 최근에 봉양에 들어와 이런 일을 벌이고 있다는 것이다.

이 말이 설득력을 얻은 이유는 간단했다.

무림은 예나 지금이나 일반인들, 그리고 관과 벽을 쌓은 존재들이다.

나라의 백성이기는 하나, 또 어떤 면에서 보면 백성이 아니기도 한 외천하(外天下)의 사람들이라는 게 일반인들의 시각이었다.

하늘을 날아다니고, 축지법을 쓰고, 산과 강을 가르는, 그런 사람들.

그런 일이 가능한데, 아무도 몰래 사람들을 죽이는 일이 불가능할 리가 있겠느냐는 것이었다.

게다가 그들 중 사파인들은 사람을 죽여 간과 뇌, 혹은 정기를 빨아먹고 내공을 쌓기도 한다. 발견된 시체들 중에 그런 시체는 없었지만, 혹여 새로운 방식의 축내공술(畜內功術)인지 누가 알겠는가.

그러나, 봉양성의 기찰관(譏察官)은 무림인이 아니었다.

만약 이 가설이 맞는다면 그로서는 색출해 낼 방법도, 그들을 잡을 방법도 없었다.

물론, 관에도 고수들이 있었다.

하지만 그들은 대부분 황실 소속이었고, 원칙상 이런 작은 성시(成市)까지 와서 도움을 주지는 않는다.

결국 기찰관이 무림문파에 도움을 요청하기에 이르렀다. 그 상대는 당연하게도, 단리세가.

단리세가의 가주, 비천미검(飛天美劍) 단리천우(段里天宇)는 관과 공생하는 관계로써 기꺼이 관의 의뢰를 받아들였다.

이런 일이 자주 있는 건 아니었지만, 종종 있어 왔었다.

그리고 그럴 때마다 흑오단이 나서서 멋지게 해결하곤 했다.

그런데…….

＊   ＊   ＊

흑오단의 단주인 기대효(奇臺曉)는 곤혹스러웠다.

단리천우의 명령으로 하는 수 없이 '자살역병'에 대해 수사를 시작했으나, 도대체 그 실체를 파악할 수가 없었다.

분명히 어딘가 이상하기는 했다.

하지만 그게 끝이었다. 자살이라는 증거만 있을 뿐, 타살이라고 볼 만한 아무런 정황이 없는 사건들만 백수십 건에 이르렀다.

그가 이 사건들이 이상하다고 생각하는 건, 분명히 사건 현장은 자살이라고 말하고 있었지만, 그렇다고 자살이라고 단언하기는 어려워 보였다.

자살자 중 상당수는 자살할 이유가 있는 사람들이었다.

사는 게 힘들거나, 애인에게 버림을 받았거나, 부모의 학대를 견디기 어려웠거나.

이런 이들의 자살은 이해할 수가 있다.

하지만 문제는 그렇지 않은 사람들도 많다는 점이었다.

일평생 자신의 분수에 만족하며 행복하게 살아온 사람들이 하루아침에 자살을 한다?

기대효는 이해하기 어려웠다.

자살에 꼭 이유가 있어야 돼? 하면 또, 그럴 수도 있을 것 같았다.

하나 석연치 않았다. 무림에서 산전수전, 해전, 견전(犬戰)까지 모두 겪었던 그.

그의 후각이 이 사건들에 구린 냄새가 난다고 알려 주고 있었다.

"가장 먼저 죽은 사람이 누구지?"

기대효는 처음부터 짚어 나가기로 했다.

그의 질문에 흑오단의 부단주이자 그의 아들인 기만지(奇滿池)가 대답했다.

"마칠과 초선이라고, 세가의 병고공과 유녀입니다."

"세가? 단리세가를 말하는 것이냐?"

"네."

기대효는 잠시 턱을 긁적이며 생각에 빠졌다. 그것은 그가 고민에 빠졌을 때 하는 버릇이었다.

잠시 뒤, 그가 입을 열었다.

"둘이 자살한 장소가 어디지?"

"봉양객잔입니다."

"가자."

"네?"

기만지가 놀란 이유는 기대효가 직접 가 본다고 해서였다.

흔히 흑오단의 단주는 이런 일에 전면으로 나서지 않았다. 뒤에서 명령만 내리는 것이 통상적인 관례였다.

"아버지께서 친히 가실 정도는……."

"아니다. 내가 직접 가 봐야겠어."

기대효는 기만지의 말을 끊고는 지체하지 않고 흑오전(黑五殿)을 벗어났다.

그리고는 곧장 동쪽으로 향했다. 그쪽은 단리세가의 대문이 있는 방향이었다.

*　　*　　*

기대효가 봉양객잔으로 가고 있는 그 시각.

동봉수는 늘 그랬던 것처럼 마고공 소삼으로서의 하루를

보내고 있었다.

아침 일찍 일어나서 말똥을 치우고 말들에게 여물을 주는 일은 이미 마쳤다.

이제부터 그가 할 일이 그의 일과 중 가장 중요한 일이었다.

한혈마(汗血馬) 산책시키기.

단리세가에 한혈마는 단 한 필만 있었다.

이름은 여로(麗露).

단리세가주인 단리천우의 애마였다.

백색의 털과 갈기를 멋지게 휘날리는 여로는 단연 단리세가에서 가장 비싼 말이었다.

그 때문에 여로는 세가 내 모든 마고공들의 특급 관리 대상이었다.

만약 여로에게 작은 상처라도 생긴다면 마고공들이 줄초상을 치를 수도 있었다.

실제로 일전에 여로의 피부에 작은 종기가 생겼을 때 마고공들이 단체로 매질을 당한 적이 있었다.

그러나 동봉수가 여로를 맡은 이후 그런 일은 절대로 일어나지 않았다.

동물들은 본능적으로 건드리지 말아야 할 '짐승'들을 알아본다.

동(東)마구간의 모든 말들은 소삼이 동봉수로 바뀐 이후부터 매우 얌전해졌다.

예전에는 가끔 한 번씩 사고를 칠 때도 있었는데, 이제는 절대로 그런 일이 없었다.

새롭게 들여온 말들도 처음에는 날뛰었지만, 동봉수와 눈이 마주친 순간 순한 양이 되었다.

이를 본 사람들이 숙덕였다.

[소삼이 다친 이후, 말을 잃은 대신 마정(馬精)을 얻었다!]

때로는 그를 마귀(馬鬼)라고도 불렀다.

그 정도로 소삼은 말을 자유자재로 통제할 수 있었다. 이로 말미암아, 소삼을 무시하던 눈길이 많이 감소하였다.

그에 자연스럽게 여로를 소삼이 맡게 되었다. 단리세가에는 여러 명의 마고공이 있었지만, 완벽하게 여로를 통제할 수 있는 사람은 단리천우를 제외하고는 소삼뿐이었다.

동봉수의 입장에서는 굳이 여로를 맡는 일을 마다할 이유가 없었다. 여로를 떠맡음으로 해서 얻을 수 있는 이득이 많았기 때문이었다.

여로를 돌보는 일을 맡은 이후 그에게는 자유시간이 많아졌다.

괜히 시비를 거는 사람도 급격히 줄어들었으며, 일을 떠넘기는 인간들도 거의 없게 되었다. 가장 동봉수를 괴롭히던 마칠 또한 이미 지옥 불구덩이 속으로 꺼져 버렸다.

당연히 남는 시간이 많아졌다.

그리고…….

봉양에서 자살역병에 걸려 죽는 사람도 더불어서 많아졌다.

동봉수는 여로를 데리고 세가 밖을 나와 봉양성의 저잣거리로 향했다.

그는 통상 산책 중에 사냥감을 물색해, 가능하다면 바로 그 자리에서 처리했다.

그러나 당장 처리하기 곤란한 경우도 있었다. 그럴 경우에는 대상에 대해 관찰한 후 머릿속에 기억해 뒀다가 나중에 죽였다.

여로는 세가에서 뿐만 아니라, 세가 밖에서도 그에게 날개와 같은 존재였다.

여로를 데리고 다니면 사람들이 알아서 피해 줬다. 봉양의 모든 이들은 여로가 누구의 말이며, 어떤 존재인지 잘 알고 있었으니까.

마가마위(馬假馬威).

마변삼이 말의 위세를 빌려, 행세한다고 하여 사람들이 붙인 말이었다.

사실 행세라기보다는 그저 길을 지나가는 것뿐이었지만, 사람들에게는 그렇게 보였을지도 모른다.

어찌 되었건 동봉수는 여로의 덕을 톡톡히 보고 있었다.

녀석 덕에 무난하게 저잣거리를 활보하면서 적당한 사냥감을 물색할 수 있었다.

하지만 그것도 이제 거의 끝에 다다랐다.

동봉수는 이제 이런 사냥을 그만둘 때가 왔다는 걸 깨달았다.

최근 196명을 죽였지만, 경험치 바는 겨우 3분의 1정도밖에 차지 않았다. 이래서는 언제 레벨업을 하고 더 강해질지 기약이 없었다.

'이런 식으로 경험치를 쌓는 걸로는 한계가 뚜렷하다.'

그렇게 생각하고 있던 찰나, 동봉수는 드디어 인간들 간에도 경험치의 양에서 차이가 난다는 걸 확인을 했다.

그저께, 이 근처에서 어떤 남자 한 명을 죽였는데, 그때 경험치 바가 꽤 많이 찼다.

그제야 동봉수는 사람 간에도 경험치의 차이가 꽤 클 수 있다는 걸 알아냈다. 앞서 죽인 195명보다 마지막에 죽인 남자 하나가 가진 경험치가 더 컸다.

그의 목표가 바뀌었다.

그냥 사람을 죽이는 것에서 더 강한 사람을 죽이는 것으로.

그렇다면 더 강한 사람은 누구인가?

그는 생각했다.

확인할 길은 없었지만, 상대적으로 보다 강한 사람들이 누구인지 어디 있는지, 동봉수는 이미 알고 있었다.

무림인.

무림인들을 죽인다면 손쉽게 경험치를 쌓을 수 있으리라.

하지만 그는 아직 무림인들을 직접 겪어 본 적이 없었다. 단리세가 내에서 수련하는 것밖에 본 적이 없었다.

그가 판단한 걸로는 단리세가에서 가장 약한 무사도 아직 그가 감당할 수 없는 수준. 그에게는 좀 더 강해질 시간이 필요했다.

중간 단계가 필요하다.

일반인과 무림인의 사이를 이어 줄 그 중간의 사냥감.

무엇인가?

그저께 죽였던, 그런 남자 같은 사람. 그런 사람이 딱 적당했다.

'뭐하던 남자였을까? 어딜 가야 그런 놈들을 더 만날 수 있을까?'

동봉수는 그런 생각들을 하며 자연스럽게, 산책로인 봉양의 저잣거리를 지나가고 있었다.

그때였다.

그가 지나가는 옆 골목 안에서 걸걸한 목소리가 들려왔다.

"어이, 마변삼이. 왜 그냥 지나가? 오래간만에 형님을 봤으면 얼굴 대 얼굴을 맞대고 면담 좀 해야지."

동봉수가 골목 쪽으로 고개를 돌렸다.

그곳에는 대여섯 명의 사내들이 껄렁한 폼 세로 쪼그리

고 앉아 있었다.

특히 맨앞에서 그를 바라보고 있는 사내는 구레나룻이 덥수룩하게 하관을 뒤덮고 있어 더없이 흉악해 보였다.

그는 도팔두(陶八頭)라는 녀석.

도팔두는 이곳 저잣거리의 왈짜패의 우두머리였다.

스무 명 정도의 왈짜들을 움직이는 그는, 저잣거리 잡상인들을 뜯어먹는 하류 인생 중 하나.

요즘 관의 포관(捕官)들이 온 골목에 쫙 깔려 있어서 한동안 보이지 않았는데, 무슨 바람이 불었는지 눈에 잘 띄는 골목에서 건들거리고 있었다.

그들의 먹잇감은 저자의 상인들만은 아니었다.

가끔 소삼이나 마칠 같은 대갓집 하인이나 머슴들도 대상이 되었다.

도팔두가 그들을 잘 건드리지 않는 이유는 혹시나 대갓집에서 알게 될까 봐 두려워서였다. 하지만 그것도 배가 곯지 않을 때 얘기일 뿐.

왈짜들의 눈이 번들거리고 있었다.

동봉수는 한눈에 알 수 있었다. 그들이 얼마나 굶주렸는지.

하긴 최근 분위기로 봤을 때는 당연한 것일 테지.

저들은 돈이 생겨도 하루 이상을 가지지 못한다. 생기는 족족 술과 여자를 사는 데에 써 버리는 게 일상. 그런 이들에게 요즘은 완전한 '불경기' 그 자체였을 터.

오늘은 위험 부담을 안고 산을 내려와 마을을 습격한 격이라고 해야 할까.

호랑이들은 지독한 가뭄에는 사람이 사는 곳으로 내려오기도 하고, 사자들은 궁지에 몰리면 코끼리를 사냥하기도 한다.

하지만 그들은 상대를 잘못 골랐다.

오늘 그들이 먹잇감으로 삼은 상대는.

소삼이 아닌, 동봉수였다. 단지 그들이 그 사실을 모르고 있을 뿐.

동봉수는 입을 헤벌쭉 벌리며 멍청한 웃음을 지었다.

그는 표정을 유지한 채 도팔두에게로 다가갔다. 도팔두와 왈짜들은 그와 여로를 데리고 골목 깊숙이 인적이 없는 곳으로 그를 끌고 갔다.

도팔두는 아마도 여로만 다치지 않게 한다면, 소삼 정도는 마음껏 손대도 된다고 판단한 모양이다.

동봉수는 왈짜들을 따라 골목 안으로 들어서기 전, 주변을 살폈다.

아직 아침 이른 시간이라 그런지 사람도 별로 없었다. 저 멀리 장사치들이 몇 보였지만, 이곳은 저자의 중심과는 거리가 좀 있는지라 아무도 이 골목 쪽은 신경 쓰지 않고 있었다.

그는 생각했다.

만약 여기서 '이것들'을 모두 없앤다면 뒤처리는 어떻게 해야 하는가? 이번에도 자살로 처리를 해야 하는 것인가?

그래야 하는 것이 원칙상 마땅했다.

하지만 장소의 특성상 적절치 않았다. 골목 안에서 십여 명의 사내를 자살처리 한다는 건 쉬운 일이 아니었다.

서로 칼부림을 한 걸로 처리하거나 시체를 인벤토리에 넣었다가 다른 곳에다가 버린다면?

나쁘지는 않다.

하지만 나쁘지 않을 뿐, 그다지 실익이 없었다.

저들을 모두 죽인다 해도 경험치가 얼마 되지 않을 게 빤하다.

저들을 죽이지 않음으로써 그가 입을 불이익은 고작 몇 대 맞고 몇 푼 뺏기는 것이 전부일 터였다. 이익과 불이익, 그리고 위험 부담 사이에서 저울이 왔다리갔다리 한다.

동봉수는 결국 이들을 죽이지 않기로 했다. 그 생각이 다시 바뀔 수도 있었지만, 최소한 지금은 굳이 죽일 필요가 없다고 느꼈다.

도팔두와 왈짜들은 자신들의 목숨이 순식간에 저승의 문턱까지 갔다가 다시 돌아왔다는 걸 아는지 모르는지 계속 앞으로 걸어갔다.

그들은 동봉수를 골목 끝, 완전히 구석진 곳까지 데리고 갔다. 이곳은 예전에도 사람들이 거의 찾지 않는 장소였다. 하물며 요즘 같은 분위기에 사람이 올 리가 없었다.

짝.

사람이 없다는 확신이 생긴 도팔두가 다짜고짜 동봉수의 귀싸대기를 올려붙였다.

도팔두의 손바닥은 크고도 넓적해서 꼭 짐승의 발바닥 같았다.

무림인이 아닌 다음에야 그런 손바닥에 맞고 버틸 사람이 몇이나 되겠는가.

살 부딪치는 소리가 경쾌하게 나며 동봉수는 그대로 바닥에 몸을 길게 눕혔다.

왈짜들이 돈을 빼앗기 전, 으레 관행처럼 가하는 폭행이 있나. 왈싸늘에게는 돈을 뺏고 쓰는 일 못지않게 이런 폭력적인 일도 삶의 즐거움 중 하나니까.

바닥 인생이지만, 더 바닥 인생들을 뜯어먹고 괴롭히는 것이 거지 같은 삶의 한 줄기 빛이었다.

당하는 사람들은 피눈물을 흘릴 테지만, 그들이 알 바는 아니었다.

퍽, 퍼버벅.

동봉수는 도팔두를 비롯한 왈짜들의 몰매를 말없이 감내했다. 하나 엎드려 바닥을 마주 보고 있는 그의 눈은 하얗게 빛나고 있었다.

아마 도팔두가 그 눈을 봤다면, 오줌을 지렸거나 다시는 동봉수에게 돈을 뜯을 생각을 하지 못했으리라.

그건 인간의 눈이 아니었다. 사자나 호랑이 같은 먹이사슬 꼭대기에 있는 육식동물의 살기 넘치는 눈도 아니었다.

그저 무(無), 아무 감정이 없는 눈이었다.

감정이 없는 눈이 왜 무섭나 하고 생각하는 사람은 그런 눈을 겪어 보지 못했기 때문에 그렇게 말할 수 있는 것이다.

모든 생물은 감정이 있다. 특히 고통의 감정에 매우 민감하다. 하지만 동봉수는 감정, 특히나 고통이라는 감정을 전혀 느끼지 못하는 사람처럼 보였다.

피를 철철 흘리면서도 아무런 동요가 없는 눈을 상상해 보라. 과연 그 눈을 보고 감당할 자 누가 있겠는가.

왈짜패들의 폭력은 끝이 나지 않을 듯 계속되었다.

그런 그들의 발길질이 멈춘 건 누군가의 목소리가 들린 직후였다.

"지금 뭣들하고 있는 것이냐?"

묵직한 음성이었다.

동봉수는 엎드린 자세 그대로 고개를 들어 음성이 들려온 쪽을 바라봤다. 검은 옷을 입은 삼십대로 보이는 장한이 한 명 서 있었다.

단단한 체형을 가진 걸 보니, 얼핏 보기에는 또 다른 왈짜처럼 보였다.

"자, 장호(張虎) 형님!"

"지금 뭐 하고 있는 것인지 물었다."

하지만 그건 동봉수의 착각이었다.

장호는 사실 봉양의 뒷골목을 장악하고 있는 세 흑단(黑

團) 중 한 곳인 흑사회(黑蛇會)의 일원이었다.

왈짜들이 건달짓을 하고 살지만, 이들은 그 바닥에서도 하류 인생.

모든 왈짜들은 그들보다 높고 어두운 곳에서 좀 더 음침하게 움직이는 흑단들에게 세금을 내야 했다.

흑단들은 삼재검법(三才劍法) 같은 기초적인 무공을 익히고 있었기 때문에 이런 뒷골목 왈짜들하고는 비교도 되지 않는 존재들이었다.

가끔은 왈짜들이 흑단의 조직원들이 저지른 일을 대신 뒤집어쓰고 관에 끌려가야 할 때도 있었다.

비록 장호가 흑사회의 말단조직원 중 한 명에 불과하지만, 왈짜패의 두목인 도팔두와는 비교도 안 되는 인물이었다. 장호가 도팔두를 죽이더라도 봉양의 누구도 신경 쓰지 않을 정도였다. 도팔두의 부하들 또한 마찬가지.

동봉수는 일이 예상과는 다르게 흘러가고 있다는 걸 깨달았다.

하지만 아직까지는 굳이 이들을 없앨 필요성을 느끼지 못했다. 그는 조용히 아래로 처진 여로의 고삐를 쥐고 사태를 주시했다.

"아, 아, 그게 이 녀석이 개기길래 본보기 차원에서……."

장호는 말없이 동봉수를 한 번 보고는 여로를 쳐다봤다.

"……."

그의 눈에 반짝이는 이채가 덧씌워졌다. 동봉수는 고개를 숙이고 있었기에 장호의 눈을 보지 못했다.

아직까지는.

장호는 몸을 돌려 도팔두에게 천천히 다가갔다.

그 분위기가 심상찮은 것을 느낀 도팔두가 주춤주춤 뒤로 물러섰다.

"혀, 형님! 왜, 왜 이러⋯⋯!"

우두둑.

장호가 갑자기 도팔두에게 달려들어서는 그의 팔을 잡아 그대로 뒤로 꺾어 버렸다.

"끄아악!"

"지금 나한테 개기는 건 네놈도 마찬가지가 아니냐?"

도팔두의 팔이 기이하게 반대쪽으로 꺾인 걸로 봐서는 팔병신이 된 것이 분명했다. 아마 이제는 평생 왼손잡이로 살아야 하리라.

그걸로 왈짜패의 두목 자리도 끝이었다. 아마 저 뒤로 물러서서 벌벌 떨고 있는 다른 부하 왈짜들 중 한 명이 새로운 두목이 될 것이다. 물론 오늘 살아남는다는 전제하에서 성립되는 일이지만.

장호는 도팔두가 팔병신이 된 사실에는 일체의 관심도 없었다.

그는 괴로워서 바닥을 나뒹굴고 있는 도팔두의 머리를 한 번 지그시 밟아 준 다음 다시 동봉수에게 다가왔다.

"말이 참 좋구나. 종이 무엇이냐?"

그가 여로의 갈기를 쓰다듬으며 말했다.

동봉수는 장호가 자신에게 묻고 있다는 걸 알고는 있었지만, 대답을 하지 않았다.

자신은 지금 벙어리로 알려져 있었기 때문이었다. 대답을 하자면 못할 것도 없었지만, 대답하는 순간 이곳에 있는 모든 자들을 죽여야만 했다.

그러자면 우선 상대에 대해 확실히 알아야 한다. 도팔두와 왈짜패들은 이미 파악이 끝나 있었기에 별 문제 없이 처리할 자신이 있었다.

문제는 바로 앞에서 그를 압박하고 있는 장호.

동봉수는 오늘 처음 그를 만났다. 말할 것도 없이, 장호에 대해서는 아무것도 몰랐다. 그것이 동봉수를 망설이게 하고 있었다.

"이 말이 어느 종이냐고 물었다."

장호의 음성이 더욱 묵직해졌다.

동봉수는 그의 음성 깊은 곳에 내밀하게 자리 잡은 살기를 읽어 냈다.

'나를 노리고 있는 것인가?'

동봉수는 그렇게 확신했다. 정확한 이유는 알 수 없었지만, 이 앞의 사내는 자신을 죽이려 하고 있다.

그의 생각대로 장호는 처음부터 동봉수를 노리고 이곳에 나타난 것이었다. 아니, 좀 더 정확히는 여로를 노리고 있었다.

흑사회의 회주인 방포염(邦布髥)은 좋은 말이라면 아주 환장을 하는 위인이었다.

그는 예전부터 단리천우의 말인 여로를 탐내고 있었다. 하지만 여로를 잘못 건드렸다가는 흑사회가 봉양에서 지워질 수도 있다는 사실을 잘 알고 있었다.

그렇지만 사람의 탐욕이란 게 참는다고 해서 쉽게 해소되는 것이 아니다.

그는 오랫동안 장호를 시켜 여로를, 좀 더 정확히는 여로를 관리하는 마고공들을 관찰하게 했다. 그러다가 최근에 말을 하지 못하는 소삼이라는 멍청이가 여로를 관리하게 되었다는 이야기를 들었다.

그는 드디어 때가 왔다고 생각하고는 장호에게 여로를 훔쳐 오라고 시킨 것이다. 장호는 방포염의 명령을 수행하기 위해 완벽한 기회를 노리고 있었다.

그리고 그때가 바로 지금이라고 생각했다. 소삼과 도팔두, 그리고 그의 패거리를 이 자리에서 모두 죽이고, 도팔두의 시체만 치워 버리면 모든 혐의는 도팔두가 뒤집어쓰게 될 것이다.

장호는 천천히 몸에서 살기를 끌어 올렸다.

동봉수에게 이제는 선택의 여지가 없었다. 싸워야만 했다.

동봉수는 장호의 몸에서 스멀스멀 올라오는 살기를 느끼

며 속으로 웃었다. 아까와는 다르게 확신이 생겼다. 장호를 잡을 확신 말이다.

사냥감 앞에서 진한 살기를 끌어 올리는 것만큼 멍청한 짓은 없었다.

호랑이와 사자가 사냥이 성공하기 전까지 살기를 드러내 보이는 걸 본 적이 있는가. 결코, 없었다.

진정한 사냥꾼은 사냥감의 목을 물기 전까지 살기를 드러내지 않는다. 만약 사냥을 하기 전에 살기를 일으켜서 사냥감이 도망간다면, 그는 사냥꾼으로서의 자질이 없는 것이다.

하물며.

동봉수는 평범한 사냥감이 아니었다.

장호와 방포염은 사냥 대상을 잘못 잡았다.

동봉수는 천천히 자리에서 일어났다. 그의 고개는 여전히 바닥을 향하고 있고, 누가 보더라도 겁을 먹은 모습 그대로였다.

"난 세 번 묻지 않는다."

장호는 그렇게 말하며 동봉수의 팔을 잡았다.

그 순간이었다.

"그럼 죽여. 뭐하러 세 번씩이나 묻나?"

기복이 없는 음성이었다. 만약 목소리에 고저가 있었다면 모든 높이가 똑같은 음성이 바로 이 목소리이리라.

기계가 아닌 다음에야 누가 이런 음성을 낼 수 있을까?

동봉수가 아니라면 누구도 가능하지 않을 것이다.

그 말은 동봉수가 무림에 온 이후 누군가에게 한 최초의 말이었다.

그리고 지극히 그다웠다. 그 말의 내용뿐 아니라, 그 결과 또한 당연히 그다웠다.

"응?! 너 말을?"

장호는 벙어리로 알고 있던 소삼이 갑자기 말을 하자, 살짝 당황했다.

별것 아닌 것 같았지만, 그 작은 틈, 그거면 동봉수에게 충분했다. 동봉수가 빠르게 고개를 들었다.

푹.

도대체 언제?

동봉수의 윗니와 아랫니 사이에 칼이 끼어 있었다.

"어, 어떻게……."

그 칼날이 장호의 목 한쪽을 완전히 꿰뚫어 살을 파고들었고, 날카로운 단검의 끝 부분이 반대쪽 목으로 삐져나와 핏물과 함께 기괴하게 번뜩였다.

우두둑.

동봉수는 어떻게라고 묻는 장호의 목을 잡고 그대로 부러뜨렸다.

"나도 몰라."

장호는 목숨을 잃으면서도 무엇이 그렇게 궁금한지 계속 끄윽끄윽 거리며 피거품을 입 밖으로 뿜어냈다. 그의 눈은 입에 칼을 물고 어떻게 하고 말하는 것처럼 보였다.

동봉수의 입에는 이미 칼이 없었다. 그건 이미 인벤토리 속에 있었으니까.

"그냥 되더라고 이렇게."

그 순간이었다.

동봉수의 몸에서 기이하고 신비한 하얀빛이 뿜어져 나왔다.

성광(聖光).

동봉수에게 어울리지 않게 지극히 성스러운 빛이었다. 동봉수 평생 동안 본 적이 없을 듯한 그런 장면이었다. 하지만 동봉수는 이미 이런 일을 겪어 본 적이 있었다.

그는 무림 온라인에서 이런 빛을 경험했었다.

레벨업.

동봉수는 드디어 신무림 온라인에서 그 첫 번째 진화(進化)에 성공했다.

"......"

레벨업의 순간 골목에 정적이 흘렀다. 그러나 그 시간은 그리 길지 않았다.

"히, 히이익!"

왈짜들이 기겁을 하며 뒤로 물러섰다. 그들로서는 절대 감당할 수 없을 것 같은 장호의 죽음과, 방금 골목 안에 퍼져 나간 잔인할 정도로 하얀빛이 그들을 그렇게 만들고 있었다.

타박.

동봉수가 한 발짝 그들에게 다가섰다. 그에 왈짜들도 뒤로 한 발 물러섰다.

하지만 뒤는 그들에게 그 한 발도 허용하지 않았다. 뒤는 막다른 골목이었다.

웃는 것인가.

동봉수의 입이 살짝 벌어지며 하얀 이가 드러났다. 그의 전진이 다시 개시되었다.

가장 먼저 아직까지 부러진 팔을 부여잡고 괴로워하고 있는 도팔두가 동봉수에게 걸렸다.

그는 발을 높이 들어 그대로 도팔두의 목을 짓밟았다.

뿌득, 빠드득.

목뼈가 바스러지는 괴음과 함께 도팔두는 그대로 이승을 하직했다.

"쳐, 쳐, 쳐!"

도팔두가 죽는 모습을 본 왈짜들은 공포에 질린 와중에도 살기 위해 일제히 동봉수에게 달려들었다.

그 모습을 본 동봉수는 인벤토리에서 도를 하나 꺼냈다. 아까 단검도 그렇고, 인벤토리 안에 든 모든 무기들은 마칠의 병고공 일을 도와주며 몰래 사 놓거나 빼돌린 것이었다.

사악.

그의 도가 무자비하게 공기를 갈랐다.

퍼억.

가장 앞에 달려오던 왈짜의 목에 도가 반쯤 박혔다.

너무 오래간만에 무기를 휘둘렀더니 한 번에 깔끔하게 목을 베지 못한 것이었다. 동봉수는 바로 도를 버리고 단검을 뽑아 들었다.

그는 단검의 날이 아래로 향하도록 쥐고는 그대로 왈짜들 안으로 뛰어들었다.

팍, 삭!

"끄, 끄아아악!"

그의 단검이 한 번씩 움직일 때마다 왈짜들의 동맥이 끊어지며 피가 분수처럼 솟구쳤다. 동봉수는 무공을 몰랐지만, 싸움에 있어서 만큼은 달인.

그는 현대 지구에 있는 거의 모든 격투기에 통달할 만큼 강자였다. 맨주먹 싸움, 관절기뿐 아니라, 십팔반(十八般) 무예에도 능했다.

그가 다룰 수 있는 무기는 무궁무진했다.

여의치 않으면 유명한 중화권의 한 영화배우처럼 주변 모든 집기를 무기로 활용하는 응용력까지 가지고 있는 인물이 바로 동봉수였다.

무엇보다 중요한 건, 그에게는 싸움에서 가장 방해되는 것이 없었다.

바로 자비심.

그것이 그에게는 결여되어 있었다. 동봉수는 어떠한 경

우에도 수단 방법을 가리지 않았다.

반칙? 치사? 비겁? 그에게는 애초에 그런 관념이 없다. 상대를 제압하고 죽일 수 있다면 그런 것은 전혀 고려 대상이 아니었다.

"으아악!"

동봉수의 잔인한 춤은 모든 왈짜들이 죽을 때까지 멈추지 않을 것 같았다. 그런데 그 춤이 마지막, 단 한 명이 남았을 때 멈추었다.

그의 살무(殺舞)가 멈춘 후에 장내에는 시체와 피, 그리고 혈향밖에 남은 것이 없었다.

"으으으으……."

그는 왜 한 명을 살려 둔 것일까?

동봉수는 마지막 남은 왈짜의 목에 단검을 대고는, 다른 한 손으로 뒤에 자빠져 있는 시체 하나를 가리키며 말했다.

"저놈은 뭐하는 놈이지?"

"자, 장호를 말씀하시는 겁니까?"

왈짜는 벌벌 떨면서도 바로 대답했다. 혹시 살려 줄지 모른다는 생각에서였다. 그것이 부질없다는 걸 알면서도 그는 작은 희망의 끈을 놓지 않고 있었다.

"그래. 장호는 뭐하는 놈이지?"

"흐, 흑사회 소속 조직원입니다……."

"흑사회? 그게 뭐지?"

"보, 봉양 뒷골목을 주름 잡는 흐, 흑단 중 하나입니다."

동봉수는 흑단이라는 이름에서 그게 어떤 것인지 짐작할 수 있었다.

왈짜들은 그냥 양아치들이었다.

흑단은 아마도 그들보다 훨씬 전문화된 건달 집단일 것이다. 현대적으로 해석한다면 조직폭력배쯤 되겠지. 그는 이름만 듣고도 쉽게 흑단에 대해 유추해 냈다.

동봉수는 이후 왈짜에게 흑사회와 흑단에 대해 몇 가지 더 물은 다음 그를 죽였다.

왈짜는 살려 달라는 말 한 번 못하고 그대로 절명했다. 어차피 살려 주지 않았을 터이니 그리 억울하지는 않으리라.

동봉수는 일을 모두 끝낸 후 시체들을 모두 인벤토리에 넣었다. 그리고는 자신의 옷을 벗어 대충 바닥의 피를 닦아 냈다. 이어서 인벤토리 안에 준비되어 있던 하얀 천들을 꺼내 나머지 피까지 모두 닦았다.

그런데,

왜 피는 인벤토리에 넣지 않고 닦고 있을까? 그건 불가능했기 때문이다.

동봉수는 인벤토리의 존재를 안 순간부터 꾸준히 그 능력을 개발해 왔는데, 아직 액체를 자유자재로 컨트롤할 수는 없었다.

잠시 뒤.

완벽하다고 할 수는 없었지만, 겉보기에는 피의 흔적을

찾아낼 수 없을 정도까지 피를 닦아 냈다. 아마 현대 법의학에서 사용하는 수사용 약품인 루미놀 시약이나 과산화수소수를 뿌려 보기 전에는 피의 존재를 확인할 수 있는 방법이 없을 것이다.

그리고 그런 게 이 세계에 있을 리가 없었다.

이곳에서 살인이 벌어졌다는 걸 알아내기에는 이곳의 수사력과 법의학이 충분치 않으리라.

뒷정리를 끝낸 동봉수는 인벤토리에 넣어 둔 새 옷을 꺼내 갈아입었다. 이 모든 일련의 과정은 그의 용의주도함을 단적으로 보여 주는 예였다.

그는 항상 살인을 대비했다. 이러한 용의주도함이, 예기치 못한 사건도 그에게 걸리면 대부분 미리 준비한 것처럼 변하는 이유였다.

이제 장내는 깨끗해졌다. 언제 이곳에서 피비린내 나는 싸움이 있었는지 누구도 알지 못할 것이다.

그는 벙어리 마아삼으로 돌아가 여로를 데리고 골목을 벗어났다.

산책이 다시 시작되었다.

동봉수는 산책로의 마지막에 있는 봉양산에 도착해 시체들을 모두 처리했다

이곳에서 말하는 화골산(化骨散)이라는 게 있었다면 훨씬 깨끗하게 처리했겠지만, 어차피 그런 게 없어도 괜찮았다.

동봉수는 이런 일에 전문가였다. 시체를 처리하는 데에 굳이 그런 게 필요하지는 않았다.

아니, 설사 가지고 있다고 해도 사용하지는 않았을 것이다. 그렇게 효능이 좋은 물건이라면 무기로도 효용이 높을 터인데, 뭐하러 시체 따위를 처리하는 데 사용하겠는가.

곧 시체들은 산중 은밀한 어딘가에 묻혔다. 그 모든 걸 여로는 바로 옆에서 지켜봤지만, 무심했다.

여로에게 동봉수는 무서운 야수면서도, 자신에게 밥을 주는 그럭저럭 친근한 주인이었다.

동봉수는 여로의 고를 한 번 쓰다듬어 수고는 왔던 길을 되돌아갔다.

그는 오늘 여러 가지 중요한 사실을 알아냈다.

가장 중요한 건 흑단의 존재를 알게 된 것이었다. 마침 무림인과 일반인 사이의 레벨업용 사냥감을 찾고 있었는데, 생각지도 못하게 알아냈다. 목표가 정해졌다.

흑단들에게는 안 된 일이지만, 일반인들에게는 오히려 잘된 일이었다. 오늘부터 자살역병은 사라질 테니까.

그다음 알아낸 사실은 레벨업을 했을 시의 특징들이었다.

우선, 레벨업과 동시에 그전에 입고 있던 상처가 모두 회복된다.

지금 동봉수의 몸에는 장호가 나타나기 전 왈짜들에게 맞아 생긴 상처가 하나도 남아 있지 않았다. 이것은 상당히 이용 가치가 있는 정보였다.

만약 레벨업이 임박한 순간이라면 어느 정도 위험을 감수해도 괜찮다는 뜻이 아니겠는가. 아직 실험해 보지는 못했지만, 어쩌면 심장이나 뇌에 손상이 갔을 경우에도 회복이 될지도 몰랐다.

그다음의 특징은 빛이었다. 레벨업과 동시에 골목 안을 가득 메우던 그 빛.

하지만 이 특징은 레벨업의 단점이었다. 그 빛은 보기에만 현란할 뿐, 위험을 불러 올 가능성이 농후했다.

사냥감들 사이에 숨어 있는 사냥꾼은 평범해야 한다.

남들과 가장 비슷하고 구별이 되지 않을 때 비로소 최고의 사냥꾼이 될 수 있다. 자신들과 동봉수가 다르다는 걸 눈치채는 순간, 그들은 동봉수를 배척하게 될 것이다.

그러면 그만큼 그는 위험에 빠지게 된다. 이는 인벤토리를 이용한 살법도 예외는 아니었다. 아무에게도 걸리면 안 된다.

이 때문에 레벨업은 반드시 사냥이 끝나는 시점, 혹은 사냥감만 있는 곳에서 해야 한다는 걸 깨달았다. 그것도 누구의 눈도 미칠 수 없는 그런 곳에서 말이다.

자칫 잘못하다간 자신의 정체가 탄로 날 수도 있었다.

동봉수는 앞으로 더욱 더 조심해야겠다고 마음을 다잡았다. 자신은 아직도 이 신무림 온라인에 대해서 거의 몰랐다. 오늘 일어난 모든 일들은 그도 예상하지 못한 시점에서 불시에 일어났다. 만약 장호가 좀 더 신중하거나, 조금만 더 강한 자였다면 오늘 크게 위험해질 수도 있었다.

이제는 벙어리라는 보호색만 가지고는 더 버텨 내기가 쉽지 않게 되었다. 빠르게 강해져야만 한다.

오늘은 그걸 확인한 날이었다.

그는 몸을 돌려 산에서 내려가기 시작했다. 돌아가서 당장 확인해야 할 것이 많았다. 오늘 일어난 일에 대해서 복습해야 했고, 레벨업으로 인해 생긴 능력에 관해서 확인도 해야 했다.

레벨업은 말 그대로 수준이 높아졌다는 것이다. 쉽게 말하면 너 상해졌다는 뜻.

동봉수는 사실 지금도 느끼고 있었다. 레벨이 2가 됨으로써 자신이 강해졌다는걸.

이전보다 몸이 가벼워지고, 힘도 더 세졌다. 정확히 수치화할 수는 없었지만, 분명히 더 강해졌다.

과연 어떠한 능력이 더 생긴 것인가?

"히히힝!"

여로도 궁금했는지 한마디 한다. 빨리 돌아가자고.

동봉수는 그런 여로의 코를 한 번 더 쓰다듬고는 빠르게 산에서 내려갔다.

그런 그의 눈앞에 이런 홀로그램 메시지가 떠 있었다. 반짝이는 홀로그램은 군데군데 부서지고 찢겨 있어 그 내용을 정확히 알 수 없었다.

[무림 온라인 시스템에 Critical ERROR 가…… 발생했습니다. 게임을 진행하는 데에 지장은 없겠지만…… 습니다.]

점점 재미있어지는 신무림 온라인.

동봉수의 입이 살짝 벌어지며 새하얀 이가 드러났다.

현실 세계에서는 절대 웃을 일이 없었는데, 여기서는 아주 가끔이지만 웃을 일이 생겼다. 아주 가끔이지만 말이다.

단리세가로 향하는 그의 발걸음이 갈수록 빨라졌다.

*　　*　　*

봉양객잔.

장호와 왈짜패들이 죽어 나갈 때, 기대효와 기만지는 자살역병이 최초로 발생한 장소로 추정되는 봉양객잔 이 층 방을 조사하고 있었다. 그들의 뒤를 따라 객잔의 주인인 노가(盧家)도 따라 들어와 있었다.

"이 방인가?"

"네, 나리. 이 방, 저쪽 들보에 목을 맨 채 죽어 있는 마칠과 초선이를 제가 처음 발견했습죠."

노가가 머리가 땅에 닿을 듯 조아리며 기대효의 질문에 대답했다.

"흠."

기대효는 일단 둘의 죽음이 자살이 아닌 타살이라고 가

정한 상태에서 방 안을 구석구석 살피기 시작했다.

특별한 건 없는 전형적인 객잔의 방이었다.

짙은 붉은색으로 염색된 야시시한 침대보가 특이하다면 특이할 수도 있었다. 하지만 봉양객잔의 장사 형태를 알고 있는 기대효로서는 그게 그리 이상하거나 특별하게 보이지는 않았다.

그가 가장 먼저 살핀 건 창의 유무였다. 창이 있다면 그리로 자객이 들어왔을 수도 있다.

하나 방의 전후좌우 상하 육면, 어디를 둘러봐도 창은 없었다. 일반 가옥이라면 보통 창은 입구와 마주 보는 벽면 쪽에 나 있다. 하지만 이 방의 그쪽 벽면은 그냥 벽면일 뿐.

그쪽으로 무언가 들어왔을 가능성은 한눈에 배제되었다.

그럼 문으로 들어왔을까?

드르륵.

기대효는 닫았던 문을 다시 열어 보고는 객잔의 구조를 살펴봤다.

봉양객잔은 전형적인 이 층 건물로써 아래층은 입 구(口)자 형태의 개방형이었고, 이 층은 클 거(巨)자 형태의 복도가 연결된 모양이었다. 복도 가운데 쪽으로 계단이 나 있고, 그 양쪽 복도로 방들이 쭉 배치되어 있었다. 이 층 복도에서 일 층을 내려다보면 객잔 일 층 내부가 훤히 들여다보였다. 일 층에서도 마찬가지로 이 층 복도를 통해 사람이 이동했다면 다 확인할 수 있었다.

결과적으로, 침입자가 문 쪽으로 들어왔을 가능성도 사라졌다.

만약 범인이 문으로 들어왔다면, 객잔의 점소이든 손님이든 누구든 목격자가 있었을 테니까.

전과 후로의 침입 가능성은 사라졌다.

이어서 우의 가능성도 그냥 없어져 버렸다.

이 방의 위치는 클 거자 형태의 머리 부분에서도 그 끄트머리 부분에 있는 방이었다.

이 방의 우측 벽은 바깥과 통했다. 벽을 무너뜨리지 않고는 그 방향으로는 절대로 들어올 수 없었다.

다음 차례는 상하. 하지만 상하로의 침입도 불가능했다. 위쪽은 지붕.

지붕을 통째로 들어내지 않는 다음에야 그쪽으로 들어올 수 없었다.

아래쪽은 바닥이다. 마찬가지로 바닥을 전부 들어내어야지만 침투가 가능했다.

지붕과 바닥 모두 나무와 석재로 틀을 잡고 진흙으로 마감 처리되어 있었다. 물 한 방울 쉽사리 내침할 수 없는 형태. 이 가능성도 순식간에 삭제되었다.

객잔 주인의 말로는 마칠과 초선이 죽은 이후 한 번도 방에 손님을 들인 적도, 방을 보수한 적도 없다고 했다. 그걸로 전후우상하로의 침입 가능성은 완전히 사라졌다.

남은 가능성은 좌측 벽 하나.

만약 자살역병이 정말로 살인 사건이라면 범인은 좌측 벽을 통해서 이 방에 들어왔을 것이다.

기대효는 뒷짐을 진 채 좌측 벽 쪽으로 다가갔다. 멋들어진 호피무늬 천이 발처럼 길게 아래로 처져 있었다.

방음을 위해 아주 두텁고 꼼꼼하게 가려져 있기는 했지만, 천은 천이다.

촤악—

기대효의 일수에 천이 사라지고, 내 천(川)자 형식으로 쭉 정렬된 벽면이 드러났다.

"흠."

그는 그걸 보고는 자신의 생각이 맞았다고 확신했다. 다른 벽면과는 다르게 이 벽은 나무만 제거한다면 마음대로 통행이 가능한 모양새였다.

문제는……

이 나무가 제거된 적이 없다는 데에 있었다.

"이것 보게."

"네, 나으리."

기대효의 부름에 객잔 주인 노가가 빠르게 다가와 대답했다.

"지붕을 들어내지 않고 이 통나무들을 빼낼 방법은 없는 건가?"

"네, 물론입죠. 이 나무들은 천장들보와 바닥들보에 난

홈에 끼어 있습니다요. 들보들을 빼내지 않으면 절대로 끄집어 낼 수 없습니다요."

기대효도 그 사실을 알고 있었지만, 확인 차원에서 재차 물은 것이었다.

그는 다시 한 번 꼼꼼히 벽면을 살펴봤다.

원통형으로 깔끔하게 처리된 통나무들 사이에는 종이 한 장 들어가기 쉽지 않아 보였다. 나무를 빼낸 흔적도 전혀 찾을 수가 없었다.

'이렇다는 건…… 최근에 일어나고 있는 일련의 자살 사건이 정말 온전히 역병 때문이란 말인가?'

순간 그렇게 생각했다가 곧 고개를 흔드는 기대효였다.

말이 되지 않는다고 여겼기 때문이다.

세상에 자살을 유도하는 역병이 어디 있단 말인가. 설사 있다손 치더라도, 자고로 역병이라면 한 지역을 중심으로 옆으로 옆으로 점진적으로 퍼져 나가야 하는데, 자살역병자들은 봉양 이곳저곳에 불규칙하게 나타났다.

그 말은 사람을 가려서 퍼진다는 얘기인데…… 그런 역병은 듣지도 보지도 못했다. 어불성설.

즉, 역병이 아니라는 소리였다.

기대효는 다시 타살 쪽에 무게를 싣고는 통나무를 살폈다.

만약 축골공(縮骨功)을 극한까지 익힌 사람이 있다면 이 틈으로 통과할 수 있지 않을까?

아직 그런 고수를 보거나 들은 적은 없지만, 그럴 수는 있다고 생각했다. 강호에는 상상을 초월하는 기인이사(奇人異事)들이 많으니까.

물도 투과하지 못할 정도인 전후우상하보다는 이쪽이 가능성이 높았다. 최소한 이 가공된 통나무들 사이는 물이라면 통과할 수 있어 보였다.

몸 자체를 물처럼 흐물흐물 거리게 만들 수 있다면, 충분히 이곳을 통해 침투할 수 있으리라.

가능성이 없는 것과 조금이나마 있는 것, 자연히 기대효의 추리는 그리로 튀었다.

"마칠이 죽었을 때 이 옆방에도 사람이 있었는가? 혹 비어 있지는 않았는가?"

기대효는 비어 있었을 거라고 예측하고 물었다.

비어 있었다면 그쪽으로 침입을 한 범인이 어떤 식으로든 이 벽을 통해 이 방으로 들어왔으리라.

하지만 예측은 곧바로 빗나갔다.

"네, 그 방에도 손님이 있었습죠. 아마 마칠과 거의 같은 시간에 봉양객잔에 왔을 겁니다."

"……그게 누군가?"

기대효는 실망하지 않고 계속 노가에게 질문했다.

"단리세가의 소삼입니다."

노가가 단리세가의 소삼이라고 특정을 지은 이유는 소삼이라는 이름을 가진 사람이 너무나 많았기 때문이다.

그냥 소삼이라고만 하면 봉양에만도 수십 명이 있을 터. 하지만 단리세가의 소삼이라고 하면 벙어리 마아삼뿐이었다.

"단리세가의 소삼? 그게 누구지? 세가에 그런 이름을 가진 자도 있었느냐?"

기대효는 소삼이 누구인지 몰랐다.

아무리 소삼이 봉양에서 꽤 유명 인사였지만, 둘의 지위 차이는 너무도 컸다.

오히려 기대효가 소삼을 알고 있다면 그게 더 이상한 일.

그래서 그는 기만지에게 묻고 있는 것이었다.

"아버지, 그는 세가의 마고공 중 한 명입니다."

"마고공? 그런 자가 그 시간에 왜 여길 온단 말이냐?"

"아마 마칠과 같은 이유 아니겠습니까."

마칠과 같은 이유라는 말에 기대효의 시선이 노가로 향했다.

노가는 바로 고개를 끄덕이며 긍정했다.

"네, 나으리. 마칠이 초선이를 안고 있을 때, 소삼이 앵앵이를 안고 있었습죠."

"그런가? 그럼 가서 앵앵이라는 아이를 좀 데려와 보게."

노가는 네라는 대답을 하기 무섭게 앵앵을 데리고 왔다.

앵앵은 한창 손님을 받고 있었는데, 영문도 모른 채 끌려왔다.

그녀가 흐트러진 옷매무새를 다듬는 사이 기대효가 질문을 시작했다.

"너는 마칠과 초선이 죽은 날 소삼이라는 자와 이 옆방에 있었느냐?"

"네."

앵앵이 대답했다.

"무얼 했느냐?"

기대효의 질문에 앵앵이 황당하다는 듯 헛웃음을 흘렸다.

"호호호. 유녀와 젊은 놈이 여기서 뭘 했겠어요? 당연히 빠……"

"앵앵! 입을 조심해서 놀리거라!"

노가가 다급히 앵앵에게 입조심을 시켰다.

"……당연히 잠을 잤죠."

"그게 다냐? 혹시 마칠과 초선이 있던 방 사이에 놓인 벽으로 뭔가가 들어가거나 하는 건 보지 못했느냐?"

"글쎄요……. 소삼과 빠…… 일을 치르느라 다른 건 신경을 쓰지 못했어요."

"험험."

노가가 다시 헛기침으로 눈치를 줬다. 그를 기대효가 손짓으로 만류했다.

"괜찮네. 그럼 다른 특별한 건 없었느냐?"

"네, 특별한 건 전혀 없었어요. 평소에 하던 것처럼…… 아, 이런 건 있었어요. 소삼이 배가 고프니까 밥을 좀 갖다 달라고 했었어요. 보통 여기 오는 손님들은 일을 먼저 치르고 밥을 먹는데, 소삼은 처음이라 긴장해서인지 밥을 먼저 먹고 일을 치르더라구요."

"흠."

앵앵의 말을 들은 기대효는 수염을 쓰다듬었다.

생각을 하고 있는 것이었다. 하지만 그 정도는 별로 특별한 일이 아니라고 판단했다.

그는 이후에도 앵앵에게 이것저것 캐물었지만, 역시나 특이한 점은 전혀 발견하지 못했다.

"협조해 줘서 고맙네. 만지야 우리는 이만 가자."

"네, 아버지. 그럼 이제 어디로 가실 겁니까?"

"다음 자살역병이 일어난 곳으로 가자꾸나."

그 말이 끝나자마자, 둘은 경공술을 발휘해 순식간에 봉양객잔에서 사라졌다.

그런 둘의 뒤를 바라보던 노가가 고개를 저으며 일 층으로 내려갔다. 다시 그런 노가의 뒤를 바라보던 앵앵이 툭 던지듯 한마디했다.

"생각해 보니 특별한 거 한 가지가 더 있었는데. 소삼, 그놈 정력이 정말 절륜했다는 거. 아웅― 그런 대단한 방중술은 태어나서 한 번도 본 적이 없었는데. 소삼 같은 사내 어디 또 없나? 그런 남자라면 아무리 벙어리에 멍청이라도, 이 한 몸 바칠 준비가 되어 있는데."

앵앵은 아쉬움에 입맛을 다시고는 다시 손님을 접대하러

갔다.

소삼과 있었던 일이 떠올라서인지 그녀의 몸은 이미 뜨겁게 달아올라 있었다. 어느 사내인지 몰라도 오늘 제대로 극락을 느낄 수 있으리라.

봉양객잔은 금세 원래 그랬던 것처럼 사내들의 음탕한 욕망이 꿈틀거리는 곳으로 돌아갔다.

* * *

동봉수는 단리세가로 돌아와서 아무 일도 없었다는 듯 하루 일과를 마쳤다.

겉보기에 그는 세가를 벗어나기 전과 조금도 달라진 것이 없었다.

누가 봐도 그는 그저 소삼이었다.

어느 누구에게도 눈에 띄지 않는 바보 멍청이 벙어리.

그것이 다른 이에게 보이는, 동봉수였다.

아무도 진일보한 동봉수의 변화를 눈치채지 못했다.

그의 눈앞 저 멀리에는 여전히 그만이 볼 수 있는 신무림 온라인의 에러 박스가 깜박이고 있었다.

[무림 온라인 시스템에 Critical ERROR 가…… 발생했습니다. 게임을 진행하는 데에 지장은 없겠지만…… 습니다.]

끼이익. 탁.

문이 닫히고, 마구간은 다시 그만의 공간이 되었다.

Critical ERROR.

'치명적인 오류라.'

이미 자신이 이곳에 존재한다는 사실 그 자체가 치명적인 오류였다.

여기서 어떻게 더 오류가 발생한단 말인가? 아마도 저 치명적인 오류도 이곳에 있어서는 안 되는 자신의 존재로 말미암은 시스템적 괴리에서 오는 것일 터.

그는 대충이나마 저 에러 메시지가 왜 떠올랐는지 어림짐작할 수 있었다.

신무림 온라인—현실—과, 무림 온라인—가상현실—이 '강제 접목' 되면서 발생하는 것.

동봉수는 그 문제가 그동안 내재되어 있다가, 레벨업을 하면서 드디어 수면 위로 떠오른 것이라고 여겼다.

그리고 그것은 상당히 정확한 추측이었다.

111차원계와 112차원계, 그리고 그 매개체가 된 보조차원 무림 온라인.

이 세 가지 차원계의 법칙들이 레벨업과 함께 충돌하면서 '치명적인 오류' 가 발생하고 있는 것이었다.

아마도 Critical ERROR 메시지는 동봉수가 레벨업을 할 때마다 뜰 것이다.

세 가지 다른 차원계 사이의 차이가 크지 않았다면 애초에 이런 일이 발생하지 않았을 테지만, 세 차원계는 본질적으로 전혀 달랐다.

당연히 모든 시스템의 적용이 그대로 받아들여질 턱이 없었다. 대부분의 경우 뒤틀린 시스템으로 그의 앞에 나타나리라.

동봉수는 그런 깊은 것까지 정확히 알지는 못했지만, 얼추 비슷하게 추론은 해냈다. 그리고 결론은.

그 모든 뒤틀림이 그에게 별로 상관없다는 것이었다.

그는 그저 계속 레벨업을 하고 새로 적봉된 시스템인 신무림 온라인에 적응해 나가면 그만이었다. 그것이 그가 생존하는 길이었고, 더 강해지는 방법일 테니까.

동봉수는 오른손을 들어 가볍게 에러박스의 우측에 있는 X자 버튼을 클릭했다.

에러박스가 사라지고 레벨2가 되면서 사용가능해지거나 변화가 생긴 여러 가지 창에 금빛이 반짝였다.

인벤토리, 스테이터스 창, 스킬 창, 퀘스트 창.

동봉수는 가장 먼저, 이제는 상당히 익숙해진 인벤토리를 열었다.

인벤토리 안에 못 보던 검 한 자루와 옷 한 벌, 가죽신 한 켤레, 두건 하나가 구석 끝에 가지런히 놓여 있었다. 그는 그것들을 모두 끄집어 내 바닥에 늘어놓았다.

전부 겉보기에는 허름한 천으로 만들어진 듯 보였지만,

그 위생 상태만큼은 최상이었다. 마치 공장에서 갓 나온 신품처럼.

사실 이것들은 원래 동봉수가 신무림 온라인에 접속했던 그 순간에 지급되었어야 할 물품들이었지만, 치명적인 오류로 인해서 이제야 받게 된 기본 장비들이었다. 물론 동봉수는 알지 못했고, 알 바도 아니었다.

생겼으니 사용한다. 그에게는 단순 명료한 명제였다.

동봉수는 잠시 물건들을 살펴보다가 별 망설임 없이 검을 먼저 잡았다.

찰칵—

검을 들었을 뿐인데, 금속제 장신구를 차는 것 같은 소리가 났다. 그와 동시에 이상한 느낌이 들었다.

더 강해진 것 같다.

동봉수는 그 즉시 지금 입고 있는 허름한 마고공의 옷을 모조리 인벤토리에 넣고, 늘어놓은 장비들을 몸에 걸쳤다. 그것들을 하나씩 걸칠 때마다 찰칵거리는 소리가 났다. 그러자 검을 들었을 때와 마찬가지로 강해진 것 같은 느낌이 들었다.

"아이템이라는 건가?"

그는 이 모든 게 게임 아이템(Item)이라고 확신을 했다.

그리고 강해진 것 같은 착각도, 착각이 아닌 실제라는 걸 알았다.

그는 인벤토리창을 닫았다.

인벤토리 확인을 끝내서인지 황금빛 깜박임은 사라졌다. 장비를 착용했으니 이제는 얼마나 강해졌는지 확인할 차례였다.

동봉수는 바로 스테이터스 창을 열었다.

거기에는 역시 극적인 변화가 있었다.

"드디어 장비가 인식이 되는 건가?"

비어 있던 장비창에 아이템들이 표시되어 있었다.

지금 끼고 있는 것들이 그 모습 그대로 표시되어 있었다.

[초보자의 검], [초보자의 옷], [초보자의 신], [초보자의 두건]

우선 동봉수는 손을 마우스처럼 움직여 '초보자의 검' 위에 올렸다.

그러자 그 옆으로 투명한 창이 뜨며 초보자의 검에 대한 설명이 떴다.

[초보자의 검]

속성 : 무

필요 직업 : 공통

요구레벨 : 2

최소 공격력 : 2

최대 공격력 : 5
타격치 상승효과 : ?
최소 무공 공격력 : 3
최대 무공 공격력 : 8
무공타격치 상승효과 : ?
부가능력치 상승 : 무

동봉수는 잇따라서 나머지 아이템도 똑같은 방식으로 확인을 했는데, 모두 비슷한 설명이었다.

다른 아이템들의 설명이 검의 것과 차이점이 있다면, 공격력 대신 방어력, 무공 공격력 대신 무공 방어력. 그런 식으로 되어 있다는 것 빼고는 형식 자체는 똑같았다.

둘의 또 다른 공통점이라면 타격치나 방어치의 상승 효과에 대해서는 '?'로 일관하고 있다는 점. 그것이었다.

동봉수는 그것 또한 크리티컬 에러 때문에 발생하는 현상 중 하나라고 생각했다. 그는 잠시 그것들이 어떠한 효과를 가지고 있는지 고민했지만, 이내 그 생각을 떨쳐 버렸다. 어차피 지금은 알 수 없는 문제. 그런 일에 괜히 심력을 소모할 필요는 없었다.

그는 다시 스테이터스 창의 변화를 살펴 갔다. 장비 착용과 더불어서 스탯에도 커다란 변화가 생겼다.

힘, 민첩, 지능의 기본 스탯치가 이전의 '?'에서 모두 노란색 게이지 바(Gauge Bar)로 변해 있었다.

아라비아 숫자로 나타나 있지 않아서 확실한 수치로 알 수는 없었지만, 분명 엄청난 변화였다.

눈으로 확인하기 어려울 정도에 불과했지만, 모든 게이지 바가 조금씩 차올라 있었다.

레벨업을 하면서 드디어 스탯도 활성화되기 시작한 것이다.

레벨, 힘, 민첩, 지능의 상승에 비례해서 상승하게 되는 체력, 명중, 회피, 공격력, 방어력, 무공 공격력, 무공 방어력, 원소 방어력, 진기/내공 등에도 모두 게이지 바가 생겼다. 마찬가지로 정확히 수치화되어 있지는 않지만.

그는 직감적으로 이 현상도 앞서와 마찬가지로 크리티컬 에러와 관련이 있다는 걸 깨달았다.

아마도 현실에서는 게임처럼 모든 걸 수치화할 수 없기 때문에 벌어진 일이리라고 추측했다.

동봉수는 여러 가지를 더 점검해 본 후 스테이터스 창을 닫았다. 인벤토리 때와 마찬가지로 확인이 끝나자 스테이터스 창의 깜박임이 사라졌다.

딸칵.

이번에는 스킬창 차례.

스킬이 다섯 가지나 생겨 있었다. 좀 더 정확히 말하면, '액티브 스킬(Active Skill)'은 하나도 없고, 모두 '패시브 스킬(Passive Skill)'이었다. 게임 캐릭터를 생성한 순간부터 있었어야 하는 기본 동작 네 가지에 정체불명의 스킬 한 가지가 추가되어 있었다.

네 가지는 그도 익히 알고 있는 것들이었다. 비록 몇 시간 플레이하지는 않았었지만, 그래도 무림 온라인을 해 본 경험이 있었다.

그는 그 다섯 가지의 설명을 바로 확인했다.

[베기 (패시브) Lv.1 숙련도 : 0%]
무기를 휘두르는 기술.
무기를 상하좌우로 움직이며 적을 격멸하는 것은 가장 기본적인 공격 중 하나이다.
현재 행동 보너스 : 0%

[찌르기 (패시브) Lv.1 숙련도 : 0%]
무기를 찌르는 기술.
무기를 전후로 움직이며 적에게 관통상을 입히는 것은 가장 기본적인 공격 기술 중 하나이다.
현재 행동 보너스 : 0%

[던지기 (패시브) Lv.1 숙련도 : 0%]
무기를 던지는 기술.
날카롭거나 뭉툭한 물건을 적에게 던져 상해를 입히는 기술은 고래로부터 이어져 온 기본적인 공격 기술 중 하나이다.
현재 행동 보너스 : 0%

[막기 (패시브) Lv.1 숙련도 : 0%]
무기를 들어 막는 기술.
무기를 수직이나 수평으로 세워 적의 공격을 막는다.
현재 행동 보너스 : 0%

이 네 가지는 원래 무림 온라인 캐릭터를 생성하면 공통
적으로 생기는 기본 동작들이었다.
그런데.

[영안(靈眼) (테스터 패시브) Lv.1 숙련도 : 0%]
테스터 전용 스킬.
현재 행동 보너스 : 0%

이건 처음 보는 것이었다.
테스터 전용이라는 것 말고는 특별한 설명도 없어서, 동
봉수로서는 전혀 어떤 건지 짐작을 할 수 없었다.
다만, 일반 게이머들은 가질 수 없는 스킬이라는 것만 추
측할 수 있을 따름이었다.

사실 무림 온라인 내의 모든 것들, 몬스터, 아이템, 배
경, 스킬 등은 원칙적으로 서버의 구성물들이고, 그 자체로
완벽한 인공 구조물로써 하나의 인공 지능이 부여된 완성체

였다. 하지만 때로는 그렇지 않은 경우도 있었다.

테스팅(Testing).

새롭게 연 서버나 새로이 만들어진 던전, 신규 몬스터 등은 그 구성이 어설프거나 미완성일 때가 있다.

그래서 그걸 대중들에게 공개하기 전에 테스터(Tester)들이 불완전한지 아닌지에 대해 미리 플레이해 본다. 그리고 그런 테스터들의 테스팅을 돕기 위해 따로 마련된 스킬들이 있었다.

그게 바로 테스터 전용 스킬이었다.

지금 그 스킬 중 하나가 동봉수에게 적용이 된 것이다.

왜 일개 플레이어인 동봉수에게 테스터 전용 스킬이 적용이 된 것일까?

그 이유는 여러 가지가 있는데, 가장 중요한 건 동봉수가 생각한 것처럼 신무림 온라인의 시스템과 이곳 현실 무림 간의 충돌 때문이었다.

무림 온라인의 시스템은 그 자체적으로 상당히 고성능의 인공지능을 가진 시스템인데, 지금 상당히 망가지고 꼬인 상태였다.

실제 무림 온라인의 서버에 있어야 할 것들이 이곳 무림에는, 당연하게도 거의 존재하지 않았다.

그 때문에 신무림 온라인의 시스템이 지금 동봉수의 모든 플레이를 새로운 행위, 즉 '테스트 행위'로 간주하게 되었다.

동봉수는 이 사실에 대해 전혀 알지 못했지만, 그에게는 굉장한 행운이었고, 무림에는 커다란 불운이 될 사실이었다.

이 영안이라는 스킬은 과연 어떤 효용이 있는 것일까?

그건 곧 밝혀지게 될 것이다.

동봉수는 스킬들을 손으로 잡아 스킬 단축키 란에 넣어 보려 했으나, 되지 않았다. 이 세 가지 기술들은 모두 패시브로서, 특별히 사용하지 않아도 자동으로 적용되는 것들이었다. 동봉수도 몰라서 그랬다기보다는 확인 차원에서 해 본 것이었다.

붕, 휙, 탁.

그는 바로 검을 들어 휘두르고 찌르고 던지고 막아 봤다.

그리고는 곧바로 숙련도를 확인했다. 모두 0.1%씩 올라 있었다.

즉, 천 번씩 이 행동을 반복하면 숙련 레벨이 Lv.2가 되는 것이다. 그 이후에는 차츰 레벨업하기 힘들어질 건 자명한 사실.

어쨌건 그는 또 한 가지 더 강해지는 법을 발견했다.

어느 정도의 효과가 있는지는 레벨이 올라 봐야 알겠지만, 이건 이 나름대로의 장점이 분명히 있으리라.

굳이 사냥을 하지 않아도 강해질 수 있다는 건 게임을 수행하는 데에 있어서 커다란 이점을 가져올 것이다.

그는 몇 번 더 검을 이리저리 휘둘러 본 후 스킬창을 닫았다.

이제 깜빡이는 창은 단 하나뿐이었다.

그것은 동봉수가 신무림 온라인을 시작한 이후 가장 신경을 쓰지 않은 퀘스트창이었다. 그동안 퀘스트창이 활성화가 되지 않았기도 했거니와, 퀘스트가 생길 것 같지도 않았기 때문이었다.

어찌 되었건, 동봉수는 마지막 차례인 퀘스트창을 눌렀다. 그 순간.

삑—

[Critical ERROR 발생! Critical ERROR 발생! Critical ERROR 발생! 퀘스트 진행을 위한 NPC가 존재하지 않습니다! NPC가 없으므로, 퀘스트를 진행할 수 없습니다!]

빨간 점멸등이 나타나며 요란한 경고음이 울렸고, 에러 메시지가 머릿속을 마구 헤집고 다녔다.

이것은 NPC가 있어야만 끌어 나갈 수 있는 퀘스트를 전혀 진행할 수 없었기 때문에 일어난 현상이었다.

퀘스트창에서 유달리 심하게 치명적인 오류 메시지가 뜨는 이유는 빤했다.

스킬이나 스탯 등과는 다르게, 이건 시스템을 변형시키고 말고 할 원형인 NPC가 애초에 이 '무림'에 존재하지를 않았다.

그는 게임에 대해 아무것도 몰랐지만, 퀘스트는 게임 전체를 관통하는 핵심 줄기라는 것 정도는 알고 있었다. 그 중요한 것에 문제가 생겼으니, 당연히 시스템이 이런 식으로 호들갑을 떨 수밖에.

아마 앞으로도 이 무림에 NPC가 생기지 않는 한 이 문제는 해결되지 않을 것이다.

그는 기계음이 더 시끄럽게 떠드는 걸 차단하기 위해 퀘스트창을 바로 닫아 버렸다.

얼핏 활성화된 퀘스트 몇 개가 있는 걸 보았지만, 그 앞에 모두 X표시가 되어 있는 걸로 봐서는 그 퀘스트 모두 진행 불가일 것이 분명하리라. 활성화만 되었다 뿐이지, NPC가 없으면 아무 실효가 없을 터.

그는 아무 고민 없이 퀘스트에 대한 미련을 버려 버렸다.

그제야 다시 세상이 고요해졌다.

물론 그 고요해진 세상은 그만의 세상, 신무림 온라인.

아무리 경고음이 심하게 울리더라도 그건 모두 그의 인터페이스(Interface) 안에서 벌어지는 일이라서 단리세가의 누구도 들을 수 없었다.

"후—"

방금 있었던 그 잠깐의 울림으로 머리가 깨질 듯이 아파 왔다.

동봉수는 크게 심호흡을 한 번 하며 정신을 다잡았다.

드디어 최초의 레벨업으로 얻은 것들에 대한 확인을 대충이나마 끝을 냈다. 이제는 그것들을 머릿속에서 정리해야 할 시간이다.

띠링띠링—

그가 막 오늘의 수확들을 정리하려는 바로 그때.

머릿속에서 이상한 종소리가 들렸다.

[영안 발동 조건이 만족 되어 영안이 자동으로 시전됩니다.]

[귀하와 10레벨 이상 차이가 나는 적이 20미터 이내에 접근했습니다. 19, 18, 17…….]

띠링띠링띠링, 띠리리리리링…….

숫자가 줄어듦에 따라 종소리가 점점 더 다급해져 갔다.

'이건……? 조기 경보 시스템 같은 건가?'

동봉수는 홀로그램으로 떠오른 메시지와 급박한 종소리에서 영안의 효능을 유추해 낼 수 있었다.

무림 온라인은 게임의 현실성을 살리기 위해 모든 몬스터와 적들을 최대한 현실과 비슷하게 만들어 실체감을 살렸다. 기존의 3D 온라인처럼 NPC의 레벨이나 체력 등을 그냥 봐서는 알 수 없게 프로그램 되어 있었다. 당연히 NPC들에 대한 모든 정보도 통제했다. 그럼으로써 기존의

3D 온라인 게임과 차별화를 시도했다.

경험하고, 시도하고, 부딪히고 깨지면서 알아내라. 그 안에서 재미를 느껴라.

라는 것이 무림 온라인의 모토였다.

지금에야 무림 온라인에 대해 많은 것이 파헤쳐져, 인터넷을 통해 정보가 공유가 되고 있었지만, 이 '차별화 정책' 때문에 처음 무림 온라인에 접속하는 사람들은 적들에 대해 아무런 정보도 없는 채 무턱대고 달려들다가 사망하는 경우도 많이 있어 왔다.

이 정책은 항상 유지되어 왔고, 지금도 마찬가지.

그것은 테스터들에게도 똑같았다.

그들 또한 일반 플레이어들처럼 처음 상대하는 몬스터나 적들에게는 고전하고 무방비로 노출되기도 했다.

그래서 테스터 전용 스킬이 필요한 것이었다. 테스팅 시간을 획기적으로 줄이면서도 테스팅을 효율적이고 현실적이게 만들어 주는 그런 스킬들.

그중에서 테스팅의 실제감과 효율성 사이의 중도를 유지하게 해 주는 것이 스킬 영안이었다.

영안은 테스터들에게 상대에 대한 완전한 정보를 주는 대신 위험에 대한 최소한의 경보만 줌으로써 좀 더 실제적인 테스팅을 하도록 유도하는 스킬이었다.

이 스킬이 있음으로 해서 테스터들은 정보가 없는 적에게는 좀 더 조심스럽고 자세하게 접근하고 관찰할 수 있게 해 준다. 또한, 실익이 없는 케릭 사망을 줄여서 테스팅의 시간을 줄여 주는 역할까지 담당하는 것이 바로 이 영안이었다.

칠감(七感).

동봉수는 영안의 효과를 아는 순간 그 단어가 떠올랐다.

육감은 불확실한 예감이나 전조에 기초한 감각이지만, 영안은 그걸 넘어서 주변 20미터 이내의 모든 적을 스캔해서 경보를 해 주니 참으로 대단한 일이 아닌가.

그는 타의 추종을 불허하는 육감을 가지고 있었는데, 이제 칠감까지 얻게 되었다.

오감과 육감, 그리고 칠감.

그는, 동봉수는 점점 괴물이 되어 가고 있었다.

[14, 13, 12, 11······.]

그사이에도 시간은 계속 흘러가고 있었고, 영안이 감지한 그 '적'은 마구간으로 계속 다가오고 있었다.

하지만 동봉수는 그에 대해 별걱정을 하지 않았다.

영안은 접근하고 있는 누구든 스캔하게 프로그램하게 되어 있을 터.

아마도 그 스캔의 대상은 유저가 아닌, NPC들일 것이다. 이곳에 유저는 그 혼자뿐.

어쩌면 더 있을 수도 있었지만, 아마도 그렇지는 않을 것이다. 이런 특별한 일이 아무에게나 일어나면 그건 이미 특별한 게 아니었으니까.

그렇다면 신무림 온라인의 시스템에게는 자신을 제외한, 이곳의 모든 이가 NPC였다.

그래서 앞으로 영안의 경보를 들을 경우 동봉수는 그 스스로 적인지 아닌지 판별해야만 한다. 무림 온라인의 테스터였다면 경보음이 울린 순간 뒤로 물러서면 그만이겠지만, 여기 신무림 온라인에서는 다르다.

그리고 지금.

그는 다가오고 있는 '적'을 적이 아니라고 판단했다.

[10⋯⋯.]

카운트는 10을 지나고 있었다. 10미터 내까지 접근했다는 뜻.

동봉수는 여전히 태연히 있었다. 다만, 천천히 자리에서 일어날 뿐이었다.

동봉수가 다가오는 '적'을 적이 아니라고 판단한 이유는 '적'의 이동 속도에 있었다.

애초에 단리세가 내에 침입할 만한 간 큰 인간이 별로 없는 건 차치하고서라도 단리세가에 몰래 침입한 적이라면 저렇게 천천히 움직이지 않을 것이다.

그렇다는 건, 지금 접근 중인 자는 단리세가 내의 고수였다. 그것도 생각보다 높고 강한 자일 것이다.

아직 레벨 10차이가 어느 정도인지 정확히 알지는 못했다.

하지만 레벨 2가 되는 데에 들어간 노력과 목숨값을 생각해 봤을 때에는 상당히 크다는 걸 미루어 짐작할 수 있었다.

레벨 10이 될 때까지 일반인만 죽인다면 과연 몇 명이나 죽여야 할까? 수천 명? 수만 명?

어쩌면 수십만 명?

계산이 서지도 않았고, 상상도 되지 않는다.

그 정도 목숨값의 차이만큼 수련을 통해 강해진 자다. 그런 자가 다가오고 있었다.

그의 머리가 빠르게 후보군을 좁히고 있었다.

그러면서도 동봉수는 즉시 입고 있는 기본 장구류들을 모조리 인벤토리에 넣고, 원래 입던 옷을 꺼내 입었다.

인벤토리에서 바로 뽑아내 몸에 덧입히는 방법도 가능할 법했지만, 아직 그 정도까지 미세하게까지 인벤토리를 조절할 수는 없었다.

[5, 4, 3······.]

동봉수는 어느새 원래의 마아삼으로 돌아와 있었다.

흐리멍텅한 눈, 평범한 얼굴, 살짝 벌어진 입과 허름한 옷.

소삼이 다시 살아 돌아오더라도 자신과 동봉수 중 어느 누가 진짜 소삼인지 분간하지 못하리라.

끼이익—

낡은 문이 뒤로 젖혀지며 달빛이 스며 들어왔고, 기다란 그림자 두 개가 마구간 안으로 드리워졌다. 뒷짐을 진 중년 인과 단단한 체형의 이십대 남자가 뒤이어 마구간 안으로 들어섰다.

그들은 바로 기대효와 기만지였다.

둘은 오늘 하루 내내 자살역병에 관해 조사를 하고 다니다가, 이제야 단리세가로 돌아와, 마지막 조사를 위해 이곳에 찾아온 것이었다.

기대효는 마구간에 들어오자마자 여러 말하지 않고 바로 본론으로 들어갔다.

"네가 소삼이냐?"

"……."

동봉수는 벙어리 역할에 충실했기 때문에 대답 없이 가만히 눈만 뻐끔거리며 놀란 표정을 지었다.

실상 별로 놀라지 않았지만, 겉으로는 화들짝 놀란 표정 그 자체였다.

동봉수는 기대효와 기만지에 대해 잘 알고 있었다. 그는 지난 몇 달 동안 레벨업을 위한 준비뿐만 아니라, 단리세가에 대해서도 구석구석 연구를 했다. 그중 핵심이 바로 인물들에 대한 조사였다.

그는 기대효를 보자마자 그가 자살역병에 대한 일 때문에 자신을 찾아왔다는 걸 눈치챘다. 지금의 얼굴 표정은 준비된 여러 개의 가짜 얼굴 중 하나일 뿐이었다.

그가 추린 '적'의 후보군은 세 명.

가주, 흑오단주, 십자천검단주.

그 세 명 중 누구에게든 맞춰 연기할 준비를 마치고 있었었다. 그리고 찾아올 이유도 동시에 생각하고 있었고 말이다.

결국, 마구간 안으로 들어온 건 흑오단주 기대효였고, 그에 맞춰서 표정 연기를 하고 있는 것이었다.

그리고 흑오단주인 기대효가 이곳에 지금 찾아올 이유는.

마칠의 죽음.

그것뿐이다.

"네가 마칠을 죽였느냐?"

대답이 없는 동봉수에게 기대효가 다시 말했다.

전혀 뜻밖의 내용. 옆을 보니 기만지 또한 뜬금없는 기대효의 말에 놀란 표정을 짓고 있었다.

만약, 일반적인 살인마였다면 얼굴에 나 살인마요 하는 표정 변화가 있었을 것이다.

하지만 동봉수의 표정은 여전히 그대로였다.

기대효는 가만히 동봉수의 흐릿한 눈을 응시했다.

초점이 흔들리는 멍청한 눈에, 자신의 등장에 잔뜩 겁을 먹은 것인지 눈이 산지사방을 누빈다. 그럼에도 기대효는 집요하게 동봉수의 눈을 들여다봤다.

동봉수의 눈을 뽑을듯이 노려보는 기대효의 눈은 마치 이런 말을 하는 것처럼 보였다.

네가 범인이다. 아니, 범인이어야만 한다!

기대효는 일평생 집법과 정보에 관련된 일을 해 왔고, 이 방면에서는 개방이나 하오문(下午門), 관보다 더 뛰어나다고 자부하고 살아왔다.

오늘 하루 온종일 그는 자살역병이 발생한 장소를 모두 돌았다. 그러나 수확은 전혀 없었다.

아들인 기만지는 그에게 정말 역병이 아니냐고 말했지만, 기대효는 그럴 리가 없다고 생각했다.

그렇다면 범인은 누구인가? 누구여야 하는가?

모든 장소를 둘러봤는데, 사건현장은 하나같이 봉양객잔의 방과 마찬가지로 밀실이었다.

누구도 침입한 흔적은 없고, 자살자만 덩그러니 있는 형태.

뭔가 작위적이었다. 완벽해도 너무 완벽했다. 마치 신이 존재한다면 신이라는 존재가 살인을 저지른 것처럼 말이다.

그는 다시 동봉수의 눈을 바라봤다. 역시 뭘 보고 있는지 알 수 없는 멍청한 눈빛을 하고 있었다.

'아니야. 그놈이 이런 눈을 가진 놈일 리가 없어.'

기대효가 동봉수를 찾아온 건 마지막 가능성을 확인하기 위해서였다.

그는 현장을 꼼꼼히 확인한 것뿐 아니라, 자살자들이 있던 밀실들의 옆방에 있는 모든 이들을 만나 봤다. 동봉수만 제외하고.

이곳에 오기 전, 용의자는 동봉수만 남은 상황이었다.

그리고 지금 그 마지막 용의자마저 용의선상에서 벗어났다.

"후— 가자."

"네? 아, 네. 아버지."

기대효의 말을 들은 기만지는 뭐가 어떻게 돌아가는지 모르겠다는 표정을 짓고는 마구간을 벗어났다.

기대효는 마구간을 떠나기 전 고개를 돌려 다시 한 번 동봉수를 바라봤다.

'역시 아니야……'

밟으면 부러질 것 같은 손과 발, 잘못 만지면 부서질 것 같은 가슴.

저 몸은 절대로 축골공을 연마한 몸이 아니었다. 아니, 애초에 숨은 사파의 고수일 수가 없었다.

동네 웬만한 왈짜들보다도 훨씬 약한 몸을 가진 놈. 그게 기대효의 동봉수에 대한 평가였다.

"후—"

마지막 한숨을 남기고, 기대효는 그렇게 사라졌다.

그는 아마도 오늘 밤 쉽게 잠에 들지 못할 것이다.

반대로 '자살역병 보균자' 이자 웬만한 왈짜들을 떼거리로 몰살시킨 장본인인 동봉수는 그와 같은 집 아래서 단잠에 들 것이다.

동봉수의 눈은 기대효가 마구간을 완전히 떠날 때까지 그의 등을 주시하고 있었다.

열린 문을 통해 진한 달빛이 들어와 동봉수의 맑고 기괴한 눈을 핥고 지나갔다.

아쉽다.

기대효가 그 눈을 봤어야 했는데!

달빛을 받고도 낮게 음영이 진 동봉수의 눈을 말이다.

끼이익. 닉.

마구간은 다시금 고요한 암흑의 세상이 되었다.

동봉수의 음영 진 눈은 그 칠흑의 공간에 그 빛을 숨길 수 있게 되었다.

그는 잠시 동안 그 자세 그대로 새롭게 알아낸 법칙에 대해 머릿속으로 정리했다.

그러고는 늘 그렇듯 짚을 깐 보금자리에 몸을 눕혔다.

내일부터 좀 더 바빠질 것이다. 새로운 사냥감이 많이 생겼다.

달빛이 요요롭게 빛나던 날 밤.

자살역병은 봉양에서 자취를 감추었다.

그리고 내일부터 새로운 살풍(殺風)이 봉양에 몰아닥칠 것이다……

＊　　＊　　＊

신무림 온라인 제4법칙 : 인벤토리의 아이템을 빼낼 때 동봉수의 신체 중 어느 부위로든 뽑아낼 수 있다.

신무림 온라인 제5법칙 : 레벨업을 하면 몸에서 하얀빛이 뿜어지며, 몸에 있는 상처가 모두 회복된다. 동시에 모든 스탯이 조금씩 올라간다.

신무림 온라인 제6법칙 : 스킬에는 숙련도 시스템이 적용된다. 즉, 스킬을 많이 사용할 수록 능숙해진다.

신무림 온라인 제7법칙 : 패시브 스킬 영안은 동봉수의 반경 20미터 이내에 접근한 위험인자를 파악해서 그에게 알려 준다.

第四章

선신(前進)

絶世狂人

한 사람을 죽이면 그는 살인자다. 수백만 명을 죽이면 그는 정복자이다. 모든 사람을 죽이면 그는 신이다.

— 장 로스탕(Jean Rostand), 자전적 명상록

*　　*　　*

자살역병이 사라지고 얼마 지나지 않아,
봉양에 이런 소문이 떠돌기 시작했다.

— 무명협객(無名俠客)이 나타나, 흑객들을 처단하고 있다!

흑객은 흑단 소속의 조직원들을 말한다. 일반 백성들은 흔히 그들을 다른 말로 취납(臭垃, 냄새나는 쓰레기)이라고 부르기도 했다.

자기들끼리 뒷골목의 협객이니 암수인(暗守人)이니 하는 말로 떠받들어 봤자, 쓰레기는 쓰레기였다.

흑객들 왈, 불법은 우리 나름의 생존 법칙이다! 오뉴월 더위 먹은 개도 안 짖을 허울 좋은 쌍소리를 지껄이며 봉양의 뒷골목과 저자를 휘어잡고 있는 인간 말종들. 그런 이들이 흑객이었다.

저자의 사람들은 생업을 이어 가며, 산 입에 거미줄을 치지 않기 위해 어쩔 수 없이 흑단에 보호비라는 명목의 돈을 바치고 장사를 계속했다.

속으로 불만이 넘쳐 흘러 금세 입 밖으로 쏟아질 것 같았지만, 어쩌겠는가.

가난이 죄다. 약한 것이 죄다. 그럼에도 참고 살 수밖에 없는 것이 큰 죄다.

그런데.

어느 날부터 갑자기 흑객들이 죽어 나가고 있었다. 사람들은 처음 한두 명이 죽었을 때는 그저 흑단들끼리 세력 다툼이 벌어졌다고 여겼었다.

그러던 것이 한 명이 두 명이 되고, 두 명이 네 명이 되고, 네 명이 여덟 명이……

그러다가 결국.

봉양의 뒷골목을 주름 잡던 삼색흑단(三色黑團) 중 백호단(白虎團)과 적랑문(赤狼門)이 멸문했고, 이제 흑사회밖에 남지 않게 되었다.

사람들은 그를 협객이라고 부르기를 마다하지 않았다.

보이지 않는 곳에서 협을 행하는 진정한 협객이라고 칭송했다.

소문은 꼬리에 꼬리를 물고 일파만파(一波萬波)로 퍼져나가, 자삭역병 또한 무명협객이 없앴다는 풍문(風聞)까지 떠돌았다. 더 나아가 어느새 봉양성 내에서 벌어지는 모든 협행들이 그의 업적이 되어 있었다.

이제 그 소문이 진짜인지 아닌지는 중요하지 않게 되었다.

이미 그는 봉양 사람들의 마음속에 완벽한 협웅(俠雄)이 되어 있었으니까.

사람들은 여전히 그에 대해 궁금해했지만, 아무도 그의 진정한 정체에 대해 몰랐고, 그 그림자조차 본 사람이 없었다.

그래서, 사람들은 그를.

무명협객이라 불렀다.

* * *

무명협객은 오늘도 협을 행하기 위해 밤거리를 나섰다.

그는 봉양의 마지막 남은 우범 지역인 낙원촌(樂園村)으로 향했다.

낙원촌은 봉양의 북쪽 끝에 위치해 있으며 다 쓰러져 가는 폐가들이 개미굴처럼 다닥다닥 붙어 있는 곳이다.

사실 말이 좋아 마을이지, 온갖 폐악의 온상이었고, 실질적으로는 흑사회의 소굴 중 핵심적인 곳이었다.

이곳은 낮에도 흑사회의 흑객들이 아니면 잘 다니지 않을 정도로 무서운 곳인데, 하물며 지금과 같은 밤에야 더 말해야 무엇하겠는가.

을씨년스러운 분위기가 마을 전체를 내리누르고 있었다.

착각일까. 숨이 막힐 듯 빽빽한 기류가 흐르는 것이 왠지 평소보다도 더 삭막해 보였다.

무명협객은 그런 음산한 낙원촌 안으로 은밀하게 스며들었다.

그리고 어느 순간.

"윽!"

협행의 시작을 알리는 짧은 비명이 낙원촌 안에 울려 퍼졌다.

"왔다! 쳐! 쳐라! 죽여라!"

마치 그 순간만을 기다려 온 것처럼 낙원촌 곳곳에서 검은 그림자들이 일시에 나타나 소란을 피웠다.

바로 흑사회의 흑객들이었다. 그들은 무명협객이 나타나기만을 기다리고 있었다.

이제 무명협객이 나타났으니 살기 위해서라도 그들은 최선을 다해 무명협객을 죽여야만 했다.

"으아"

"죽여라!"

"이 개새끼! 뒈져!"

흑객들답게 갖은 욕설을 뱉으며 최초의 비명이 들린 곳을 향해 벼락같이 달려들었다.

그곳에는 확실히 그들과는 다른 복색을 한 호리호리한 복면인 한 명이 있었다. 아마도 그가 무명협객이리라.

무명협객은 그들의 등장을 미리 예상하고 있었던 듯, 그들이 나타나자마자, 흑객들을 향해 마주 뛰어들었다.

슥! 삭! 푹!

베고, 자르고, 찌르고.

간결한 동작 몇 번에 십여 명의 흑사회 흑객이 피를 뿌리며 바닥에 누웠다.

달빛 아래 누운 시체들은 이내 차갑게 식어 갔다.

무명협객은 거기서 멈추지 않고, 계속 앞으로 달려 나가며 그 경로에 있는 모든 흑객들을 죽였다. 그의 뒤를 따라, 남은 수십의 흑객들이 검과 도, 창을 흔들며 따라붙었다.

"죽어라!"

푹.

제일 앞에서 그를 따라가던 키가 큰 사내가 무명협객의 등을 향해 창을 찔러 넣었다.

가볍게 바람이 빠지는 소리가 나는 것이 무명협객의 심장이라도 꿰뚫은 것일까.

하지만.

아니었다. 그건 그만의 희망 사항에 불과했던 것이다.

정작 죽은 건 창을 찔렀던 자였다. 그의 눈에는 어떻게 된 영문인지 모르겠다는 빛이 떠올라 있었다.

"끄으윽……."

그의 입에서 낮은 신음이 새어 나왔지만, 끝까지 내뱉어지지는 못했다.

왜냐하면, 그의 입안을 깊숙이 박혀 든 검이 목젖을 갈라오고 있었으니까.

그는 저승에 가기 전 문득 이런 생각을 했다.

'어떻게 뒤통수에서 검이 튀어…….'

하지만 그는 생각 또한 끝까지 할 수가 없었다.

목에 박혀 있던 검이 그의 뇌까지 반으로 갈라 버렸기 때문이었다. 그걸로 그는 생을 마감했다.

그의 동료들은 아직 조금 먼 거리에 있었기에 그가 어떻게 죽었는지 전혀 보지 못했다.

그것이 그들에게 피할 수 없는 악몽으로 다가왔다. 아마 그 모습을 볼 수 있었다면 상대가 정상적인 방법이 아닌, 기묘한 변칙을 이용해 공격한다는 걸 알았을 텐데 말이다.

털퍼덕.

남은 흑객들은 시체가 되어 바닥으로 쓰러지는 키 큰 사내의 머리를 넘어 무명협객에게 달려들었다.

"으아아아아!"

소리만 크게 지르면 상대가 알아서 당해 줄 것이라고 여긴 걸까. 그들은 미친 듯이 고함을 치면서 무명협객에게 쇄도해 들었다.

슉! 삭! 푹!

아까 무명협객의 검이 낸 소리와 똑같은 간결한 음이 장내에 울렸다.

다른 점이 있다면, 이번 것은 무명협객이 아닌 흑객들의 무기들이 만들어 낸 소리라는 사실이었다.

"돼, 됐어! 우리가 무명협객을 잡았어!"

그들은 흥분했다. 손에 분명히 느낌이 있었고, 앞에는 누군가 복면을 쓴 자가 있었다.

그자의 몸에 흑객들이 휘두르고 찌른 무기들이 가득 박혀 있었다. 복면인의 몸 밖으로 피가 폭포수처럼 뿜어져 나왔다. 저 정도 출혈이면 절대로 살아날 수 없었다.

"주, 죽인 건가?!"

그들 중 누군가가 그렇게 말했다. 그리고 대부분은 거기에 동의했다. 하지만 눈이 날카로운 한 명은 뭔가 다른 것을 발견했다.

"아, 아니야! 어, 어깨에 흑사회 표식이 있어!"

그에 나머지 흑객들도 복면남의 어깨를 주목했다.

확실히 복면남의 찢어진 소매 사이로 검은 뱀 문신이 보였다. 그것은 흑사회에 처음 입문할 때 새기는 입결문신(入結文身)이었다. 그렇다는 건!

"씨, 씨바!"

누가 먼저랄 것도 없이 흑객들의 입에서 욕설이 튀어 나왔다. 그것은 그들 모두의 공동 유언이 되었다.

사락.

반짝이는 검 빛이 그들 모두의 목 사이를 빠르게 훑고 지나갔다.

툭.

흑객들이 무명협객이라 생각했던 시체의 목 아래 부위에 갑자기 실금이 생기더니, 이내 실금 사이의 공간이 천천히 벌어졌다. 결국 복면남의 머리가 목을 떠나 바닥으로 여행을 떠났다.

투두두두두둑…….

그와 동시에 흑객 모두의 머리 또한 똑같은 모습으로 바닥으로 추락했다.

땅에 떨어진 그들은 너무 순간적으로 목이 잘려 아직 목숨이 붙어 있었다.

그들의 눈은 아직도 부르르 떨리고 있었다.

또르르르르.

그들이 무명협객이라 생각했던 복면남의 머리가 그들 모두의 머리들이 있는 한 가운데로 굴러 들어왔다.

땅에 떨어진 충격 때문인지 복면남의 복면은 이미 벗겨

져 있었다.

그 머리는 마치 그들 모두를 비웃듯 혀를 입 밖으로 빼꼼히 내민 채 그들을 노려보고 있었다. 흑객들은 머리가 잘린 상태에서도 복면남의 얼굴을 알아봤다.

그 얼굴은 그들도 익히 아는 얼굴.

그는 바로 낙원촌의 입구를 지키던 그들의 행두(行頭) 강해(江海)였고, 가장 처음에 비명을 지른 자였다.

어떻게······.

그들 모두는 그 의문을 마음속에 묻은 채 그 생을 마감했다.

무명협객은 머리들의 반상회를 주최한 뒤, 조용히 다음 목표를 향해 이동했다.

*   *   *

조평(曹平)은 흑사회의 선행두(先行頭).

그가 그믐달의 으슥한 빛을 받으며 어둠 속에 몸을 맡기고 있었다.

멀리서 끝이 없이 비명이 들려왔다. 부하들이 죽는 소리였다.

처음에는 시끌시끌했었는데, 이제는 그 빈도수가 현저히 줄어들었다. 그만큼 부하들의 수가 줄어들었다는 방증이리라.

흑사회에 그와 함께 들어온 동팔이도, 나달도, 강해의 것도 저 안에 섞여 있으리라. 아마도 이제 행두 중에 살아남은 자는 그 혼자일 것이다.

무명협객이 오고 있다. 무명협객이 그들을 모두 죽이면서 이리로 오고 있었다.

아무것도 그들을 지켜 주지 못했다. 미리 알고 있었는데도 말이다.

이제는 자신의 차례였다. 그는 아직 죽기 싫었다.

그저 남들 조금 삥 뜯고, 인신매매 몇 번 하고, 여자 장사 술장사 조금 하고…… 사람 같지도 않은 것들 좀 죽인 것이 다인데. 그걸로 목숨을 잃는다니.

불공평하다. 이렇게 불공평한 인과응보가 어디 있는가.

아직 세상에는 자신보다 나쁜 놈들이 얼마나 많은데, 수십 수백 명을 죽인 놈들도 버젓이 잘 먹고 잘살고 있는데! 고작 이 정도 나쁜 짓 좀 했다고 죽임을 당해야 한다니.

세상은 불공평했다.

만만한 게 약자였다. 그런 놈들은 강하니까 무명협객이 가만히 놔두는 것이리라.

조평은 머릿속으로 끝도 없이 궤변을 늘어놓으며 무명협객 욕을 했다.

하지만 그는 스스로 그것이 말이 되지 않는다는 걸 깨닫지 못했다. 대부분의 악인들이 그렇듯이 말이다.

'도망칠까?'

순간 그런 생각이 들기도 했지만, 조평은 곧 고개를 저었다.

도망? 도망가면 그것 또한 목숨을 잃은 것과 진배없었다. 이렇게까지 기반을 쌓아 올리는 데에 얼마나 많은 시간이 들었는데! 그럴 수는 없었다.

그는 마지막 남은 흑객들을 데리고 낙원촌 최후의 거점을 끝까지 사수하리라 재차 다짐했다.

이곳은 앞뒤로 뚫린 길이 하나밖에 없는 곳이었다. 지형적인 특징 때문에 습격을 할 수도 없었고, 몰래 숨어들 수도 없었다.

뒷길은 흑사회의 회주 방포염의 장원인 낙원장(樂園莊)으로 통하는 길이었다. 즉, 이곳으로 오는 길목은 저 앞에 있는 골목 하나가 전부였다.

거기만 제대로 지킬 수 있다면 무명협객을 막을 수도, 더 나아가서는 잡거나 죽일 수도 있을 것이다.

"으아아아아아아아악!"

그때 그동안 울렸던 비명을 모두 합친 것만큼이나 크고 끔찍한 비명이 조평이 숨어 있던 장소까지 들려왔다.

그걸 끝으로 단말마의 비명이 마침내 그쳤다.

이제 '그'가 올 것이다. 협이라는 이름으로 마음대로 흑객들을 학살하던 그, 무명살마(無名殺魔)가 이리로 올 것이다.

그래! 와라! 이 개자식아!

죽여 주마!

어두운 데서 싸우는 건 흑단이 유리하다. 그는 그렇게 믿었다.

무명협객은 흑단들을 잡기 위해 어두운 밤을 선택한 것이겠지만, 흑객들은 어두운 데서 태어나서 어두운 곳에서 쭉 살아왔다. 아무리 무림 고수라도 자신이 있었다.

게다가 지금 이곳에 남은 이들은 조금 전에 죽은 떨거지들과는 차원이 달랐다. 하수지만 모두 무림문파에서 어느 정도 무공을 익힌 자들이니까.

백호단과 청랑문은 예기치 못한 습격에 무너진 것이다. 흑사회는 다르다는 걸 보여 주마.

조평이 그렇게 마음을 다잡던 그때였다.

사람으로 보이는 검은 그림자 하나가 통로를 통해 날아들어왔다.

그 순간!

쏴쏴쏴쏴쏙!

연어가 물살을 가르는 것 같은 파공음과 함께 수십 발의 화살이 날아갔다. 준비된 화살 시위였다.

퍼버버버벅!

그림자는 그대로 벌집이 되어 바닥에 떨어졌다.

그걸 본 조평은 그것이 무명협객이 아니라는 걸 깨달았다. 이렇게 쉬울 리가 없었다.

휙.

그때 다시 하나의 검은 그림자가 골목을 통해 이쪽으로 날아들었다.

이번에도 수십 발의 화살이 날아들며 그림자를 걸레 조각으로 만들어 버렸다. 물론 이번에도 진짜가 아닌, 죽은 시체였다.

'화살이 떨어지길 바라고 있는 것이냐?'

조평은 그렇게 생각했다. 그러고는 피식 웃었다.

'이거 미안해서 어쩌나? 밤새 쏴도 다 못 쓸 만큼 화살은 충분히 준비되어 있다. 이제 어쩔 거냐? 무명협객.'

그렇게 그가 회심의 미소를 짓던 바로 그때!

"큭, 크아악!"

폐가에 숨어 있던 흑객 중 한 명이 비명을 질렀다. 죽은 것이다.

'어떻게?!'

이곳으로 통하는 유일한 통로는 그들이 주시하고 있었다.

지붕 위로 올 수는 있겠지만, 그쪽으로 이동하면 더 위험하다. 달빛에 바로 비쳐 보이니까 말이다.

그런데 분명히 지붕 위에도 흑객들이 배치되어 있었고, 항시 주시하고 있었다. 그쪽으로 이동했다면 흑객들이 못 볼 리 없었다.

'도대체 어디로 들어온 것이냐?!'

조평이 당황하고 있는 사이, 계속해서 흑객들이 죽어 나갔다.

"크악!"

"윽!"

"킥!"

......

...

.

죽음의 절규는 점점 그에게 가까워지고 있었다. 이제는
어떻게, 라는 생각을 할 틈이 없었다.

조평은 바로 숨어 있던 곳에서 나와 달빛 아래 몸을 맡겼
다.

그사이에도 계속해서 흑객들의 마지막 울음이 장내를 울
렸다. 그리고 그마저도 금세 사그라졌다.

"젠장…… 나를 제외하고는 다 죽은 건가……."

원래는 그것이 신호였다.

그가 숨어 있던 곳에서 나오면 모든 흑객들이 동시에 가
운데 공터로 나와서 무명협객과 정면 대결을 펼칠 진을 형
성하는 것.

하지만 나오는 이는 아무도 없었다.

아니, 한 명 있었다. 호리호리한 체격의 복면남.

타박타박.

그가 어슬렁거리는 걸음걸이로 달빛 아래 모습을 드러냈
다.

"네, 네놈이 무명협객이냐?"

"……."

그저 조용히 조평에게 다가올 뿐, 무명협객에게서는 아무런 대답이 없었다.

"대, 대체 원하는 게 뭐냐?"

"……."

역시 돌아오는 말은 없었다.

조평은 뭔가 다른 말을 하려고 했지만, 더 이상 아무 말도 할 수가 없었다.

무명협객을 눈을 본 것이다.

흑사회에 투신한 이후 많은 사람들의 눈을 봐 왔지만, 저렇게 '무' 한 눈은 처음이었다.

무감정 같은 것이 아니었다.

무(無).

그냥 없었다. 인간이라고 생각될 만한 어떤 것도 무명협객의 눈에는 담겨 있지 않았다.

"씨바……."

쓰아악, 퍽석.

조평의 몸이 머리에서부터 정확히 반 토막이 났다.

그의 시체에서 흘러내린 피와 내장, 그리고 뇌수가 낙원촌을 더럽혔다.

그리고 그와 동시에.

번쩍!

낙원촌을 정화시키는 새하얀 정화(精火)가 무명협객의 몸에서 피어올랐다.

그 밝은 빛에 무명협객의 모습이 아주 잠시지만 백일하에 드러났다.

무명협객.

그는 단리세가의 마고공 소삼이었다.

좀 더 정확히는.

이제 레벨 7이 된 동봉수였다.

*　　*　　*

흑단을 목표로 잡은 이후.

동봉수는 참으로 바빴다.

준비할 것이 많았기 때문이다.

장호를 죽이고 레벨업을 했지만, 동봉수는 여전히 흑객들에 비해 많이 약한 상황이었다. 자연스레 지구에서 그랬던 것과 마찬가지로 준비 과정에 시간과 공이 많이 들어갔다.

흑단과 흑객 개개인의 동태를 면밀히 파악하고, 그들 사이의 사냥 우선순위를 정해야 했다. 그런 후에도 여러 가지 주변 정황과, 사냥 각본까지 꼼꼼히 짜야 했다.

단 한 터럭의 실패 확률도 남아 있지 않을 때. 그때가 되어서야 동봉수는 실제로 사냥에 나설 예정이었다.

동봉수는 봉양의 저자를 누비며 정보를 수집했다.

그 정보 중에는 지난번 죽였던 왈짜들에게서 얻은, 흑사회에 대한 것도 있었지만, 그 정보들은 이미 널리 알려진 것들뿐이어서 별로 도움이 되지 않았다.

그는 약 일주일 정도 공을 들여 흑단들에 관한 정보를 수집했다.

하지만 벙어리인 소삼의 신분과 혼자의 몸으로는 정보 수집에 한계가 있었다.

몇 가지 알아낸 것들은 너무 잡다해서 전혀 쓸모가 없거나, 너무 포괄적이어서 의미가 없는 것들뿐이었다.

기껏 써먹을 수 있는 건, 고작 흑객들이 주로 활동하는 거리와 그들의 소굴이 대충 어디에 있다는 것 정도였다.

이런 것들은 알아봐야 큰 의미가 없었다. 그 혼자서 그곳에 쳐들어갈 수 있는 실력이 되면 모르겠지만, 레벨 2로는 불가능했다.

그렇다고 하염없이 정보 조사에만 목을 맬 수도 없었다.

이대로는 조사만 하다가 한 반년, 어쩌면 몇 년은 그냥 지나갈 것 같았다.

결국, 그는 방법을 선회했다.

타초경사(打草驚蛇).

풀을 때려 뱀을 놀라게 한다.

흔히 어떤 일에 대해 아직 준비되지 않은 상황에서 성급히 일을 저질렀다가 실패한다는 식으로 많이 쓰이는 말이다.

하지만 원래 이 사자성어의 뜻은 그것과는 완전히 딴판이었다.

고대 중국병법의 기초 중 하나. 삼십육계에 실린 병법이었다.

숨어 있는 뱀을 잡기 위해서는 풀을 때려 뱀이 굴에서 기어 나오게 해서 잡는다.

즉, 부정적인 의미의 속담이 아니라, 하나의 전술인 것이다.

동봉수는 눈에 잘 띄지 않는 '뱀'에 대한 조사를 그만뒀다. 대신, 뱀이 많이 살 것 같은 '수풀'을 두드렸다.

어느 날 철저하게 변용(變容)한 채, 지하에서 은밀히 운영되는 도박장을 찾아갔다.

그리고 그곳의 판을 싹 쓸어버렸다.

처음 한두 번은 모르겠지만, 그런 일이 반복되자 결국 뱀들이 독니를 드러냈다.

흑객 한 명이 도박장을 벗어나는 그를 습격한 것이다.

동봉수가 '땅꾼'인지도 모른 채 말이다.

그렇게 첫 번째로 희생된 뱀이 백호단의 말단 흑객이었다. 사실 동봉수는 그 도박장이 백호단에서 운영하는 곳인지도 몰랐다.

그가 알고 있었던 건, 거기에 도박장이 있다는 것. 그것 하나뿐이었다.

어쨌든 그걸로 동봉수는 도마(賭魔)라는 이름으로 백호

단의 흑서(黑書, 블랙리스트)에 올라 추격을 당하게 되었고, 소기의 목적을 달성했다.

그렇게 드디어 시작되었다. 피비린내 나는 역추격 살상이.

동봉수는 자기를 찾으러 다니는 자들을 거꾸로 사냥했다.

그는 매우 조심스러웠고, 그 과정이 그리 순탄치만은 않았다.

동봉수는 스스로가 아직 많이 약하다는 걸 잘 인지하고 있었다.

정면대결은 위험했다. 될 수 있는 한 기습으로 모든 걸 끝냈다.

자살역병 때 많이 써먹었던 방법인 인벤토리술을 응용해서 추격하는 흑객을 따돌린 후 몰래 뒤를 쳐서 죽이기도 하고, 때로는 은밀한 곳으로 끌어들인 후 불을 지르기도 했다.

어떤 방식이 되었건 동봉수는 흑객들의 머리 한참 위에서 놀았다.

그런 식으로 백호단의 인원이 하나둘씩 죽어 나갔다.

백호단주인 백호(白虎)가 뒤늦게 경각심을 가졌을 때는 이미 백호단의 인원 중 반수 이상이 죽어 나간 후였다.

이 과정에서 동봉수는 레벨을 2에서 4까지 올릴 수 있었다.

게다가 의도치 않은 부수적인 효과까지 얻어 냈다. 무명 협객이라는 꽤 쓸 만한 새로운 가면을 얻은 것이었다.

그 덕분에 더욱 쉽게 흑단들을 처리해 나갈 수 있었다. 관과 성민들이 그의 살인 행각을 영웅 행보로 둔갑시켜 준 것이다.

그래서 무명협객으로 활동할 때에는 더 이상 남의 눈을 신경 쓸 필요가 없게 되었다.

그렇다 하더라도 그는 최대한 조심스럽게 살인을 이어 나갔다.

단 한순간의 실수가 실패로 연결될 수 있다는 걸 누구보다 잘 알고 있었으니까 말이다. 어떤 순간, 어떤 상황에서도 방심은 절대로 금물이다.

그렇게 그는 유인, 유도, 기습, 방화, 변장 등에 의존해서 백호단을 계속 공격해 나갔다.

백호단은 천천히 와해 되어 갔다.

그럼에도 가장 중요한 백호단주인 백호는 여전히 건재했다.

동봉수는 그들과 계속 싸워 나가면서, 백호가 백호단 그 자체라는 걸 깨달았다. 그를 없애지 않는 다음에야 백호단은 멀쩡하다고 할 수 있었다.

그 사실을 알게 된 시점부터 동봉수는 백호단의 흑객들을 바로 죽이지 않고 고문하기 시작했다.

죽이기 전에 최대한 백호에 대한 정보를 수집하기 위함

이었다.

그 결과 백호에 관한 많은 정보를 얻을 수 있었다.

그러나 그 많은 정보들은 하나같이 백호가 빈틈이 없는 자라는 결론을 도출하게 할 뿐이었다. 또한 흑객들의 진술을 토대로 해서 간접적으로 측정해 본 백호의 무력은 이제 레벨 4밖에 안 된 동봉수가 상대하기에는 습격을 한다 해도 무리였다.

게다가 백호는 거듭되는 부하들의 죽음에 외출을 극도로 꺼리게 되었다

이제 백호를 잡기 더욱 어렵게 되었고, 겨우 알아낸 백호단의 소굴은 일종의 요새가 되어 가고 있었다.

습격을 해도 이길까 말까 한 마당에 저렇게 틀어박혀 있어서는 절대로 백호를 죽일 수가 없었다. 그렇다고 소굴 안으로 들어갈 수도 없었다.

그런 상황에서도 동봉수는 백호의 아주 작은 틈 하나를 발견했다. 드물기는 하지만 백호가 소굴 밖으로 나오는 때가 있었던 것이다.

동봉수는 백호의 외출 시기를 세심하게 관찰했다.

백호는 딱 두 가지 일을 하기 위해 외출했다.

바로 수금과 첩질. 그것이었다.

그렇지만 그때에도 백호는 그냥 나오지 않고, 수십 명의 흑객들을 데리고 다녔다.

동봉수로서는 죽었다 깨어나도 백호와 백호단을 더는 어

떻게 할 수 없을 듯했다.

하지만 동봉수는 이미 백호의 첫 외출 때 속으로 회심의 미소를 짓고 있었다. 드디어 백호를 잡을 길을 찾은 것이다.

아무리 철두철미한 사람이라도 몇 가지 상황하에서는 방심을 하기 마련.

동봉수는 그 원초적인 방심의 순간, 그중에서도 최고의 순간을 노렸다.

그는 은밀히 백호가 첩을 만나러 오는 날에 맞춰 첩이 사는 집에 몰래 숨어들었다.

인벤토리를 이용한 기둥 빼기가 가능한 동봉수로서는 그건 식은 죽 먹기. 그러고는 뒷간에 잠입했다. 그는 거기서 아무런 거리낌 없이, 대나무 잎으로 만든 수중 호흡용 대롱 하나만 입에 물고는 인분(人糞) 속으로 뛰어 들어갔다.

처음 몇 번은 백호가 뒷간에 오질 않아 실패했다.

또, 그다음 몇 번은 백호의 첩이 와서 정액과 애액, 오줌이 뒤섞인 액체를 날릴 뿐이었다. 하지만 동봉수는 참을성이 많은 사람이었다.

그는 하루도 빼먹지 않고 백호의 외출 시기에 맞춰 첩의 집에 잠입했다.

그리고 결국.

첩과의 뜨거운 성교를 마치고 푸근한 마음으로 절정의 정화와 변을 쏟아 내려 온 백호의 뒷구멍에 검을 박아 넣는 데에 성공했다.

동봉수는 그때 레벨 5가 되었고, 새로운 스킬 두 가지를 획득했다.

경공(輕功)과 삼재검법 제1초식 횡소천군(橫掃千軍).

[경공(輕功) Lv.1 숙련도 : 0%]

몸을 가볍게 하는 무공. 경공을 익힘으로써 더 높이 뛸 수 있고, 더 빨리 달릴 수 있다.

현재 적용 레벨 : Lv.0 (플레이어는 이 스킬의 레벨 수위를 조절할 수 있습니다.)

점프력 보너스 : 0%

이동력 보너스 : 0%

초당 진기 소모 : 0JP

[삼재검법(三才劍法) 제1초식 횡소천군(橫掃千軍) Lv.1 숙련도 : 0%]

무림에 흔하디흔한 검법. 내공이 없는 범인들도 익힐 수 있다.

횡소천군은 옆으로 베기의 강화판.

이 스킬의 모든 행동 보너스치는 관련스킬의 숙련도 및 검기/검강의 시전유무와 관련이 있습니다.

현재 적용 레벨 : Lv.1 (플레이어는 이 스킬의 레벨 수위를 조절할 수 있습니다.)

횡참(橫斬) 사정거리 보너스 : 1%

횡참(橫斬) 공격력 보너스 : 1%
횡참(橫斬) 시전속도 보너스 : 0%
회당 진기 소모 : 30JP

이 두 가지였다.

경공과 횡소천군, 이 두 개의 스킬은 동봉수에게 주어진 최초의 액티브(Active) 스킬이었다.

그는 그걸 얻음으로써 드디어 흑객들과 정면대결을 펼칠 수 있게 되었다.

동봉수는 백호가 사라진 백호단을 손쉽게 마무리 짓고 다음 목표물에 대한 사냥을 개시할 예정이었다.

그렇다면 적랑문과 흑사회. 둘 중 어느 흑단을 먼저 쳐야 할까?

고민은 그리 길지 않았다.

흑사회가 백호단의 멸문으로 몸을 사린 반면, 적랑문은 적극적으로 백호단의 영역을 흡수하려고 전면으로 나섰다.

무명협객이 백호단을 없앤 것을 이용해 오히려 세력 확장을 시도한 것이다.

그걸로 다음 목표물이 결정되었다.

적랑문.

그들은 무명협객, 아니, 동봉수를 너무 얕잡아 봤다. 그것도 아니면 욕심이 너무 과했거나.

동봉수는 새로 생긴 스킬과 인벤토리 신공을 활용해서, 비교적 수월하게 적랑문의 흑객들을 처리해 나갔다. 백호단을 상대할 때와는 다르게 습격뿐만 아니라, 과감하게 정면 돌파를 시도할 때도 있었다.

　적랑문의 문주 비규서(妣赳誓)는 당황했다.

　무명협객은 자신이 예상한 것보다 훨씬 강하고 적극적이었다. 기습만 조심하면 큰 문제가 없을 것이라고 생각했었는데, 완전히 계산 착오였다.

　그럴 수밖에 없는 것이 동봉수는 하루가 다르게 진화하고 있었다.

　레벨업은 말할 것도 없고, 인벤토리 사용술이 갈수록 능숙해지고 있었고, 스킬에 대한 이해도 및 숙련도도 기하급수적으로 올라가고 있었으니까.

　적랑문의 세력은 백호단 때보다 훨씬 빠르게 축소되었고, 그럴수록 봉양의 성민들은 광분했다.

　더 빨리 더 많이 죽일수록 무명협객의 협명은 높아져만 갔다.

　그리고 드디어 아이들 사이에서도 무명협객을 흉내 내는 영웅 놀이가 나올 때쯤.

　기어이 비규서마저 동봉수의 기습에 죽었다.

　적랑문은 세상에서 지워졌고, 동봉수는 그 공로로 레벨 6을 넘어 거의 레벨 7에 육박하는 정도의 경험치를 얻을 수 있었다.

이때쯤, 그는 스스로 많이 강해졌다는 걸 인지하고 있었다.

그리고 슬슬 다음 단계로 넘어가야 할 때가 다가오고 있다는 것까지 느끼고 있었다.

이제 흑객들에게서 얻을 수 있는 경험치가 예전 레벨 1일 때, 일반인을 죽이면서 얻었던 양만큼이나 매우 제한적으로 변해 있었다. 아직까지는 그럭저럭 쓸 만했지만, 흑사회를 모조리 정리할 때쯤이면 그들을 죽임으로써 얻을 수 있는 경험치는 미미해지리라고 예상했고, 그 예상은 정확했다.

오늘 흑사회의 본거지인 낙원촌을 싹 쓸었음에도 별로 경험치가 오르지 않았다. 이곳에 오기 전, 이미 레벨 7이 멀지 않은 상황이었는데도 간신히 레벨 7이 되었다.

그럼에도 불구하고, 동봉수는 오늘의 결과에 만족했다.

그동안 많이 익숙해진 '인벤토리 신공'이 이번에도 큰 효과를 발휘했다.

뒤에서 오는 적을 처단할 때도 쓰였고, 시체를 이용한 기만전술로 숨어 있는 적들의 시선을 빼앗은 후 폐가의 들보들을 인벤토리에 넣을 때에도 이용되었다.

새로 얻은 스킬인 횡소천군에 대한 응용력도 많이 늘었다.

시체 방패를 이용해 적들을 한곳으로 끌어들인 후 횡소천군으로 떼 몰살을 시켰다. 만약 그냥 베기였다면 그런 효과를 얻지는 못했을 터였다.

경공도 이제 레벨 3이 되어, 점프력과 이동력이 무려 100%나 증가되는 수준에 이르렀다. JP—진기 포인트—의 소모량이 컸기에 평소에는 끄고 다니다가 필요한 경우 원하는 만큼 조절해서 사용할 수 있었다.

나는 이제 얼마나 강한가?

동봉수는 문득 그런 질문을 던져 봤다. 스스로 답할 수 있는 문제가 아니었다.

그렇다면 이제 무림인들을 죽일 때가 된 것인가?

그 질문 또한 아직 그로시는 대답하기 곤란한 문제였다.

다음 단계로 넘어가려면 다음 단계의 적들을 상대할 수 있는 강함이 있어야 한다.

그럴 확신이 없다면, 아무리 천천히 레벨업을 하는 한이 있어도 계속해서 흑객을 잡아야 한다.

이곳의 흑객들을 싹 쓸었으니, 다른 도시로 가는 한이 있더라도 흑객을 잡아야 했다.

그는 일단 레벨 7이 되면서 얻은 능력들을 확인한 후 그 문제에 대한 해답을 내놓을 생각이었다.

[Critical ERROR……]

역시나.

레벨업과 동시에 이제는 제법 익숙해진 창 Critical

ERROR 메시지 창이 떠올라 그의 정신을 어지럽혔다.

치명적인 오류.

그만 알려 줘도 좋으련만, 이번에도 어김없이 시스템은 그를 가리켜 치명적인 오류의 산물이라고 알려 준다.

동봉수는 시끄럽게 떠들어 대고 있는 오류창을 닫았다.

그는 침착하게 레벨업으로 말미암은 혜택들을 확인해 갔다.

스탯창은 평소처럼 일정한 상승 그 이상의 무언가는 없었다.

퀘스트창은 여전히 X표시가 난무했고, 인벤토리에도 새로 들어온 선물은 없었다.

레벨 2에서 6으로 오를 때와 마찬가지로 특색이 있는 변화가 있는 창은 스킬창 하나뿐이었다.

우선, 레벨 5때 얻은 액티브 스킬 두 가지의 숙련도가 조금씩 상승했다. 이건 이미 알고 있었고 당연한 바.

중요한 건, 이번 레벨 7이 되면서 새로운 스킬 두 가지가 더 추가되었다는 점이었다.

[운기행공(運氣行功) Lv.1 숙련도 : 0%]

단전에 축기된 기를 몸에 분포된 경맥을 통해서 기를 인위적으로 유도하는 수련법.

시전 시, 일시적으로 공격력과 방어력이 상승한다.

지속시간/쿨타임 : 5/10(분)

회당 진기 소모 : 100 JP

현재 스킬 보너스 : 공격력/방어력 30% 상승

[삼재검법(三才劍法) 제2초식 직도황룡(直搗黃龍) Lv.1 숙련도
: 0%]

무림에 흔하디흔한 검법. 내공이 없는 범인들도 익힐 수 있다.

직도황룡은 찌르기의 강화판.

이 스킬의 모든 행동 보너스치는 관련스킬의 숙련도 및 검기/검
강이 시전유무와 관련이 있습 니다.

현재 적용 레벨 : Lv.1 (플레이어는 이 스킬의 레벨 수위를 조절
할 수 있습니다.)

찌르기(刺) 사정거리 보너스 : 1%

찌르기(刺) 공격력 보너스 : 1%

찌르기(刺) 시전속도 보너스 : -0%

회당 진기 소모 : 30JP

[경공], [운기행공], [삼재검법 제1, 2초식]

동봉수는 레벨 5때 얻은 스킬과 더불어서 지금 얻은 스
킬의 능력을 차근차근 점검해 나갔다.

경공은 JP만 무한하다면 패시브스킬처럼 사용되는 것이
고, 삼재검법은 말 그대로 공격스킬이었다.

반면, 운기행공은 처음으로 얻게 된 '버프(Buff)' 스킬
이었다.

진기 소모는 꽤 커 보였지만, 얻게 되는 능력이 상당히 좋았다.

공격력과 방어력 상승 30%.

사용해 보지 않아도 그 엄청남은 미루어 짐작할 수 있있다.

비록 지속 시간 5분에 쿨타임이 10분이라는 단점이 있었지만, 필요할 때만 사용한다면 그 단점도 그리 커 보이지는 않았다.

그다음 그는 삼재검법의 제1, 2초식인 횡소천군과 직도황룡을 연속으로 시전해 봤다.

아주 부드럽게 연결이 되었지만, 특별한 보너스가 있어 보이지는 않았다. 이어서 순서를 바꿔서 사용했지만, 이번에도 두 동작이 마치 원래부터 하나였던 것처럼 유연하게 이어졌을 뿐. 그것이 끝이었다.

같은 검법의 초식을 이어 쓴다고 해서 특별한 이익이 생기지 않는다는 걸 깨달았다.

그는 새로 생긴 스킬에 대한 확인을 마치고는 끔찍하게 죽어 있는 조평의 시체를 인벤토리에 넣고는 앞으로 전진했다.

찰박찰박.

피바다로 변한 낙원촌의 길은 금세 끝이 났다. 낙원촌의 뒤로는 넓은 논과 밭이 펼쳐져 있고 그 한가운데에 꽤 큰 장원이 한 채 서 있었다.

낙원장이었다. 이제 저곳만 무너뜨리면 봉양의 흑단은 모두 사라지게 된다.

저곳에서 새로 얻은 스킬을 써 본 후 결정할 것이다.

전진(前進)을 할 것인지, 조금 더 이 자리에 머물 것인지.

* * *

동봉수는 낙원장 안에 들어섰다.

혹시나 논과 밭 등에 흑객들이 숨어 있을지도 모른다고 생각해 천천히, 그리고 조심스럽게 접근했는데, 그의 전진을 방해하는 것은 아무것도 없었다.

심지어 낙원장의 문까지 열려 있었다.

그는 열려 있는 문을 보고 흑사회주 방포염이 선택할 수 있는 두 가지 병법을 떠올렸다.

공성계(空城計)냐? 아니면 주위상(走爲上)이냐?

공성계라면 전진을 일단 멈춰야 할 테고, 주위상이라면 그것 또한 여기서 멈춰야 했다. 어차피 들어가 봐야 아무도 없을 테니까 말이다.

하지만 동봉수는 낙원장 안으로 들어섰다.

두 가지 병법 이외에 사람이라면 선택할 수 있는 한 가지가 더 있었기 때문이었다.

그건 바로.

포기였다.

인간은 도저히 상대할 수 없는 어려움에 맞닥뜨리거나 모든 것을 잃을 위기에 처하면, 두 가지 선택 중 하나를 택한다. 죽기를 각오하고 맞상대하거나 그것도 아니면 그대로 죽거나.

동봉수는 방포염이 후자를 선택했다고 확신했다.

낙원장 전체가 그런 분위기가 풍기고 있었으니 말이다. 낙원촌에서의 싸움은 그저 죽기 전에 해보는 배수진(背水陣)에 불과한 것이었다.

"자네가 무명협객인가?"

동봉수가 낙원장 안으로 발을 들이자, 어둠 속에서 늙고 허무한 음성 한 줄기가 들려왔다.

머리가 백발인 삐쩍 마른 노인이 동봉수를 바라보고 있었다. 동봉수는 그 노인이 방포염이라는 걸 직감했다.

방포염의 말에도 동봉수는 아무 말도 하지 않았다. 그저 천천히 방포염에게 다가갈 뿐이었다.

"협객이라면서 왜 그렇게 꽁꽁 싸매고 있는 겐가?"

"협객이 아니니까."

짧은 한마디.

"헐헐. 협객이 아니다? 그런데 왜 흑단들을 죽이고 다닌 겐가?"

"협객이 아니니까."

대답은 같았다. 그리고 모두 정답이었다. 그는 협객이 아니었기에 얼굴을 가리고 있었고, 협객이 아니었으므로 흑객들을 죽이고 다녔다.

"헐헐. 봉양 사람 모두를 속였구먼."

"나는 속인 적이 없어. 그들 스스로 그렇게 믿은 것뿐."

동봉수는 역시나 사실을 말했다. 그는 그저 사람들이 믿고 싶은 믿음 속에 몸을 숨긴 것밖에 없었다.

아는 만큼 보인다는 말이 있다. 그것과 비슷하게 사람들은 믿고 싶은 대로 혹은 보고 싶은 대로 믿는다. 자기 편할 대로. 그 이면의 진실 따위는 중요하지 않다.

"……재미있는 친구로구먼. 오늘 삼도천을 건너더라도 후회는 없을 것 같으이."

창!

맑은 검명(劍鳴)이 낙원장 안에 울려 퍼졌다. 방포염이 검을 뽑은 것이다.

"오게나. 자네가 무명협객이든 아니든 어차피 나를 죽이러 온 것이잖은가. 어디 한번 겨뤄 보세나."

동봉수도 천천히 검을 뽑아 들었다. 초보자의 검이었다.

그리고 오늘 얻은 스킬인 운기행공까지 사용했다. 그의 몸에서 일순간 격렬한 기운이 뿜어져 나왔다.

"좋은 검에 좋은 기세로세."

방포염이 감탄하며 검을 동봉수 쪽을 향해 내밀었다.

검을 겨룰 때 상호 간에 취하는 일종의 예의였다. 하지만 동봉수는 그따위 것을 알지 못했다. 알았다 하더라도 지키지 않았을 테고 말이다.

그에게 검은 그저 상대를 죽이는 무기에 불과했다.

동봉수는 잠시의 망설임도 없이 방포염에게 달려들었다.

나는 이제 얼마나 강한가? 진짜 무림 속으로 뛰어들 정도가 되는가?

동봉수는 낙원장을 벗어나며 다시 한 번 스스로에게 질문을 던졌다. 그리고 그 해답은 그의 검끝을 타고 흘러내리는 핏물이 대신하고 있었다.

똑똑똑.

이제 다음 단계로 나아갈[前進] 때라고.

第五章

출외(出外)

絶世狂人

선한 자는 어리석어도 여전히 선할 수 있으나, 악한 자는 지능이 있을 때에 진정으로 악할 수 있다. 악을 완성하는 것은 악이 아닌 머리이기 때문이다.

— 막심 고리키(Maksim Gor'kii), 러시아 문호

* * *

강호무림(江湖武林).

그곳은 생사를 넘나드는 승부의 세계이며 욕망을 실현하는 야망의 대지이다.

복수와 은원이 실타래마냥 얽혀 있고, 일상의 법도는 무

시되며, 강호의 법이 우선시 되는 곳이다.

힘을 얻으면 천하 위에 군림하지만, 낙오하면 차가운 대지 위에 피를 흘리며 몸을 눕혀야 한다.

그래서 비정강호니 무정강호니 하는 말들이 생겼다.

정파(正派)니, 사파(邪派)니, 마도(魔道)니, 하는 말로 무림인들 간 분류를 하기도 하지만, 보통 사람들이 볼 때는 모두 헛소리였다. 그들이 볼 때 무림인들은 모두 똑같은 '무법자(無法者)'들일 뿐이었다.

현 무림은 세 개의 커다란 세력이 균형을 이루고 있는 형국이었다. 이른바, 정립지세(鼎立之勢). 세 개의 발을 가진 솥이 꼿꼿이 서 있는 모양새. 여기에서 어느 하나의 발만 무너져도 천하의 정세는 급변하게 되어 있다.

그래서 세인들은 솥의 세 발을 이루는 세 세력을 삼패(三霸)라고 부르고, 그에 맞춰서 현 강호를 삼패천하(三霸天下)라고 부른다.

무림맹(武林盟).

구파일방(九派一幇)과 중원오대세가, 그리고 수많은 강호의 중소정파가 모여 결성된 집합체.

애초에 무림맹의 태동을 주도한 세력이 소림(少林)이었기에 그 본단 또한 소림이 있는 숭산(嵩山)과 가까운, 하남성(河南省)의 성도인 정주(鄭州)에 있다.

무림맹 소속 정파들이 모두 뭉쳤을 경우에, 무림 최대의 세력은 말할 것도 없이 무림맹이다.

하지만 무림맹의 율법상, 무림맹주는 매우 제한된 권한을 가졌기 때문에 무림맹이라는 거대단체는 그에 의해 사유화되지 않는다.

따라서 평소의 무림맹은 정파의 상징적인 단체에 불과하다. 하지만 무림맹과 무림맹주의 깃발 아래 무림의 모든 정파가 하나가 될 때가 있는데, 그건 중원이 외세에 침탈되었을 때이다.

그때를 제외만 평상시에는 느슨하게 연결된 연맹체에 불과하며, 때로는 그 안에서 정파들끼리 치열한 암투와 투쟁을 벌이기도 한다.

천마성(天魔城).

천여 년 전, 무림을 일통했던 천마(天魔)를 숭상하는 자들의 집단이며, 신강(新疆)에 위치해 있다. 그들의 영향력은 사실상 천하 곳곳에 안 뻗치는 곳이 없지만, 겉으로 드러난 세력은 신강과 서장에 집중되어 있다.

사실상 무림 최대의 단일 세력이며, 천마성주는 그 안에서 무소불위의 권력을 가지고 있다. 그가 마음만 먹는다면 내일 당장에라도 천마성의 고수들이 청해(青海)를 넘어 중원으로 쳐들어올 수도 있었다. 단, 그럴 경우, 무림맹주가 무림첩을 돌려 즉각 반격에 나설 것이기에, 그들이 쉽게 준

동하지 못하는 것이다.

집사전(集邪殿).

삼패 중 가장 약세이고, 방문좌도(傍門左道)라 하여 천시를 받는 세력이다.

하지만 만약 그들이 무림맹의 손을 들어 주면 그 즉시 천하는 정파의 세상이 될 것이고, 그들이 천마성의 손을 들어 주면 그 즉시 천마성이 천하를 차지하게 되는, 사실상 정립세의 가장 핵심적인 역할을 맡고 있는 세력이 또한, 이들 집사전이다.

비단 그들이 무서운 건 줄타기의 명수여서만은 아니다. 그들은 천하의 지하 세계를 장악하고 있는 만큼 막대한 자금력으로 암중에서 제한적이지만 관까지 움직일 수 있는 유일한 세력이다.

지난 백여 년간 이들 세 세력 사이에는 커다란 충돌이 없었다. 소위 말하는 평화 시기였다.

하지만 정립지세는 한쪽의 균형이 조금만 맞지 않아도 삐걱거리기 시작하는 불안한 형세.

사실 무림강호라는 이 솥은 지난 백 년간 끊임없이 삐걱거려 왔다. 다만, 집사전의 위험한 줄타기가 그 평형을 잘 유지해 온 것뿐.

그런데 만약.

이 솥의 발이 세 개가 아닌, 네 개라면 어떨까? 그것도 그 발이 밖에서는 잘 보이지도 않는 솥의 한가운데에 있다면?

그 가운데 발이 암중에서 균형을 유지해 온 것이라면?

세 발은 아마도 자기들만 있어도 균형이 유지되는 걸로 착각해 왔는지도 모른다. 얼핏 보기에 가운데 발은 잘 보이지도 않고, 있어도 그만 없어도 그만인 것 같은 착각이 드니까 말이다.

하지만 정말 그럴까?

만약 가운데 발이 다른 세 개의 발을 합친 것보다 훨씬 크고 튼실하다면 다른 세 개의 발은 없어도 솥은 서 있을 수 있게 마련이다.

보이지 않는…….

어떤 발이 정말로 있고, 그 발이 나머지 세 발을 합친 것보다 크고 튼튼하다면 말이다.

*　*　*

중원 어느 모처.

어둡고 음악한 분위기를 물씬 풍기는 지하공동.

공동 한가운데에 커다란 단상이 하나 놓여 있고 그 위에 붉은 장막이 쳐져 있다. 그 안에 누군가 있음이 분명한데 아무도 볼 수 없게 되어 있었다.

누군지 모르겠지만, 장막 뒤에 있는 자가 이곳의 주인이라는 건 굳이 그의 얼굴을 확인해보지 않아도 알 수 있었다.

단상의 주위에는 백 명의 검은 옷을 입은 자들이 부복(仆伏)해 있었는데, 그들 모두 고개를 숙이고 있어 얼굴을 확인할 수는 없었다.

하나 그들이 고수라는 것만은 명약관화(明若觀火)였다.

그들이 뿜어내는 무형의 기운이 지하공동 전체를 질식시킬 듯 뒤덮고 있었으니까.

대체 이곳은 어디인가? 그리고 저 장막 뒤의 인물은 누구인가? 도대체 누구이기에 이렇게 대단한 고수들을 백 명씩이나 거느리고 있다는 말인가?

무림의 최고봉이라는 소림에 이 정도로 많은 초고수들이 있을까? 아니면 단일 단체로는 무림 최강이라는 천마성에 있을 수 있을까?

아니, 그 둘을 모두 합친다 하더라도 불가능할 듯싶었다.

그 정도로 이곳에 모인 자들의 기도가 예사롭지 않았고, 그 수 또한 엄청났다.

그들이 부복한 지 일다경(一茶頃)쯤 지났을 때였다.

"정마대결(正魔對決)이 얼마나 남았지?"

장막 뒤에서 드디어 목소리 한 줄기가 흘러나왔다.

여자인지 남자인지, 젊은인지 늙은인지 모를 기괴한 음성.

"이제 2년 남았습니다."

그의 음성에 부복한 자 중 한 명이 대답했다.

"2년이라⋯⋯. 슬슬 대계(大計)를 시작할 때가 되었구나. 광운(狂雲)."

장막 뒤의 음성은 대답을 한 자를 광운이라 불렀다.

"예, 말씀하십시오. 무본(武本)."

광운은 장막 뒤에 있는 자를 무본이라 칭했다.

"제일계(第一計)를 시작하라. 지금 당장."

제일계.

앞서 대계를 언급했었으니, 이 제일계는 그 대계의 첫발을 말함이리라.

"예, 무본. 지금 당장 시행하겠습니다."

광운은 대답과 함께 그 자리에서 꺼지듯 사라졌다. 가히 전율스러운 신법(身法)이었다.

그리고 이 자리에는 광운과 같은 복색을 한 자가 아흔아홉 명이나 더 있었다. 아직 그들은 머리를 들지도 않았다.

그리고.

마지막으로 그런 그들을 부리는 장막 뒤의 지존, 무본이있었다.

무본.

무의 근본.

이 얼마나 광오한 이름인가.

무림이 그 역사를 시작한 이래 무황이니 천마니 무림지

존이니 하는 대단한 별호를 쓰는 자들이 있었지만, 그 누구도 자신을 본(本)이라고 칭한 자는 없었다.

과연 어느 정도로 대단한 자일까?

그저 광자(狂者)의 터무니없는 망상이라면 좋겠지만, 이곳에 머리를 숙이고 있는 아흔아홉 명의 절세고수들을 봤을 때, 분명 그 광오한 이름에 걸맞은 실력을 갖춘 자임이 틀림없으리라.

지금 막, 무림의 그 누구도 모르는 비밀스러운 단체가 극비리에 움직이기 시작했다.

과연 그들의 목적은 무엇인가?

아직은 알 수 없었다.

하지만 그들도 모르는 것이 있었으니.

그것은 바로…….

이곳 무림, 아니, 신무림 온라인 최대 '버그' 동봉수의 존재였다.

솥은 세 개의 발이 있을 때도 서고, 네 개의 발이 있을 때도 서고, 심지어 한 개의 발이 있을 때도 선다.

하지만 솥이 가장 잘 서 있을 수 있는 때는…….

발이 없을 때, 그때가 가장 잘 선다.

발이 없는 솥은 절대로 넘어지지도 않는다.

동봉수에게 필요한 건 넘어지지 않는 솥이지, 발 따위가 아니다.

만약 길이가 맞지 않아 삐걱거린다면, 잘라 버리면 그만
이다. 그것이 동봉수의 정립(鼎立)이다.

*　　*　　*

퍽, 쏴아악, 퍽, 쏴아악.

봉양산의 깊은 산골에서 누군가가 삽질을 하고 있었다.

누군가? 도대체 누가 있어 저렇게 능숙하게 삽을 다루는
가? 목수인가, 도공인가, 아니면 장공(葬工)인가?

다 아니었다.

그는 바로 산책을 나선 동봉수였다. 그의 옆에는 여느 때
처럼 여로가 낮게 푸르륵거리며 무심한 눈길로 그를 응원하
고 있었다.

퍽, 쏴아악, 퍽, 쏴아악.

산 중에 일정하게 울려 퍼지는 삽질 소리가 동봉수만큼
이나 기계적이고 무정하다.

이름 모르는 누군가의 무덤을 파고 있는 이 와중에도 그
의 머리는 빠르게 돌아가고 있었다.

삽으로 한 번 팠을 때에 찌르기 숙련도가 얼마만큼씩 증
가하고 있는가. 또, 판 흙을 옆으로 던질 때 던지기 숙련도
가 얼마만큼씩 증가하고 있는가.

그의 뇌는 잠시도 쉬지 않았다.

퍽.

삽이 땅속에 깊숙이 박힌다. 찌르기 숙련도 0.031% 증가.

쏴아악.

흙이 삽을 떠나, 옆에 높게 쌓인 인공산으로 날아가 산의 높이를 그만큼 더 높게 한다. 던지기 숙련도 0.031% 증가.

퍽, 쏴아악, 퍽, 쏴아악⋯⋯.

동봉수의 동작은 오랫동안 그 자세 그대로 계속되었다.

그러다가 어느 순간, 끝이 날 것 같지 않은 삽질이 드디어 멈췄다.

동봉수의 시선이 깊게 파인 구덩이 아래로 향했다. 그의 삽질을 멈추게 한 범인이 그 몸체를 흙 밖으로 징그럽게 드러내 놓고 있었다.

하얗고 단단한, 살이라고는 눈을 씻고 봐도 없는 그 몸체. 바로 뼛조각이었다.

그것은 이제 시체를 묻기에 적당한 깊이가 되었다는 일종의 '이정표'였다.

그 이정표 옆, 보이지 않는 흙 속에는 수십 구의 시체들이 저런 식으로, 하얗고 징그럽게 썩어 가고 있을 것이다.

이곳은 동봉수가 조성한 묘지였다.

아무런 비석도, 봉분도 없지만, 그를 무명협객으로 만들어 준 경험치들, 그중에서도 다른 이들보다 처참하게 죽은 자들의 묘지다.

불에 타서 죽은 시체, 반토막이 나서 내장이 모두 쏟아진 시체, 사지가 찢어져 죽은 시체 등등.

그가 굳이 저들을 이곳에 와서 묻은 이유는 간단했다.

우연히 얻은 가면이었지만, 언제라도 꺼내서 다시 쓰면 그럴듯한 가면. 그 가면, 무명협객이란 이름을 지키기 위해서였다.

명색이 협객이라고 불리는 자가 너무 잔인하게 적을 죽이면 안 되지 않겠는가.

그에 동봉수는 지저분하게 죽은 흑객들의 시체를 이곳에다 묻기 시작했다.

물론 가장 처음에 이곳에 묻힌 자들은 장호와 왈짜들이었다.

후두둑.

묘지에 다시 십여 구의 시체가 추가되었다. 이들은 동봉수의 레벨이 6에서 7이 되게 해 준 고마운 녀석들이다.

가장 마지막에 투척된, 덩치의 반쪽 밖에 남지 않은 얼굴에는 아직까지 괴상망측한 표정이 남아 있었다.

아마도 죽은 지 한참 지난 아직까지도 상당히 억울한 모양이다.

그 얼굴은 이런 말을 하고 있는 듯했다.

[불공평해. 씨발! 불공평하다고!]

무엇이 불공평하다고 하는지 동봉수는 알지 못했다.

그에게 그런 외침은 그저 공허한 헛소리에 다름이 아니었으니까.

동봉수의 생각에 이 세상은 무척 공평했다. 이전에 살던 세상도 그랬고, 지금 살고 있는 이곳 무림도 공평했다.

저자가 죽어서도 불공평하다고 느끼는 건 착각일 터.

이 세상이 공평한 건.

모든 이에게 불공평하기 때문이다.

너에게나 나에게나, 누구에게나 말이다.

죽음도 마찬가지다.

죽음은 누구에게나 공평하게 찾아온다. 모든 이에게 공평하게 말이다.

저자가 불공평하다고 느끼는 건, 그 죽음이라는 게 자신한테 좀 더 일찍 찾아왔다고 느꼈기 때문일 테지.

하지만 결국에는 모든 사람에게 공평하게 죽음은 찾아온다.

세상은 그래서 언제나 공평하다.

그것이 그가 세상을 공평하게 바라볼 수 있는 이유였고, 마음껏 세상을 죄책감 없이 유린할 수 있는 근본적인 이유였다.

퍽, 쏴아아악, 퍽, 쏴아아악.

죽은 자들의 얼굴에 흙이 쌓여 갔다. 규칙적인 삽질 소리가 다시금 산속을 아련하게 울린다.

하나 둘 무명협객의 '마지막 협행'의 흔적이 지워져 갔다.

퍽, 쏴아악, 퍽, 쏴아악…….

이제 이걸 끝으로 무명협객은 한동안 세상에서 그 자취를 감추게 될 것이다.

*　　*　　*

동봉수가 산책을 마치고 봉양산을 내려왔다.

그와 여로가 저자에 들어섰지만 아무도 그들에게 관심을 주지 않았다.

그는 이 거리에서 투명인간과 같았다. 이 자리에서 갑자기 사라진다 하더라도 누구 하나 그를 신경 쓰지 않으리라.

"무명협객이 어제는 드디어 흑사회까지 완전히 쓸었다며?"

요즘 저자 사람들의 관심은 모두 무명협객에게 쏠려 있었다.

둘 이상만 모이면 누구나 무명협객이 그동안 벌인 혈행(血行)에 대해 칭송했다.

지금 동봉수가 지나가는 길가에 모여 있는 셋도 마찬가지였다.

"말도 마. 그동안 흑사회한테 뜯기던 상인들하고 유녀들이 아주 좋아서 난리가 났다니까."

"그런데 회주인 방포염은 못 찾았다며? 도망친 건가?"

물론 방포염은 지금 봉양산에서 냄새를 풍기며 썩어 가고 있었다. 그들이 알 수 있는 방법은 없었지만.

"글쎄. 도망쳐서 안휘땅을 완전히 벗어났거나 시체도 찾을 수 없을 정도로 아작이 났거나, 둘 중의 하나겠지."

그때 둘의 이야기를 조금 안 좋은 표정을 한 채 듣고 있던 남자가 대화에 끼어들었다.

"그런데 말이야. 나는 좀 그래. 협객이라는 자가 그렇게 함부로 사람을 막 죽여도 되는 거야? 아무리 흑객들이라고는 해도 사람은 사람인데."

"예끼. 이 사람 좀 보게. 지금까지 그놈들이 우리한테 한 짓을 생각해 보게. 아주 산 채로 뜯어먹어도 시원찮을 놈들 아닌가. 그런 놈들은 죽어도 싸."

"맞아, 맞아."

처음부터 이야기를 나누던 두 명은 뚱한 표정의 사내에게 눈까지 부라리며 무명협객 변호에 나섰다.

"아닌 말로, 관에서 우리 같은 무지렁이들한테 언제 신경이나 한번 제대로 써 주기를 했나? 그것도 아니면, 정파니 염병이니 하는 것들이 어깨에 힘만 잔뜩 주고 다녔지 언제 진짜 정(正)이었던 적이 있던가? 그네들한테 우리 같은 놈들이 당하든지 말든지 관심 밖이지 않았나."

둘의 공격에 뚱한 표정의 사내가 그제야 항복을 하며 둘의 의견에 긍정을 표했다.

"하기는, 그렇기는 하지. 누가 우리들 같은 바닥 인생들을 위해 나서 주겠는가."

"손이 좀 과하기는 하지만, 예부터 악즉참(惡卽斬)이라고 하지 않았는가."

"그럼, 그럼."

그렇게 결국에는 이곳에서도 무명협객의 협행을 칭송하는 쪽으로 흘러갔다.

이런 걸 두고 꿈보다 해몽이라고 하는 건가.

꿈은 살인. 해몽은 협행. 살인이 너무도 쉽게 협행으로 둔갑하는 세상. 그 자체만으로도 이곳 중원은 참으로 무섭고 잔인한 세상이다.

동봉수는 그들의 대화에 아랑곳하지 않고 계속 걸어갔다.

그 셋과 멀어지자, 이번에는 다른 두 사람의 대화가 그의 귀에 들어왔다.

"야, 너 그 얘기 들었어?"

"뭐?"

"이번에 남궁세가 둘째 딸이 혼례를 올린다더군."

"아, 들었어. 그래서 요즘 안휘성 전체가 떠들썩하지 않은가."

"그렇지. 모르긴 몰라도, 여기 봉양의 문파들도 하례물(賀禮物) 보낸다고 머리 좀 싸매고 있을걸?"

"에이, 그건 아니지. 남궁세가 같은 데서 혼례를 치르는

데 어중이떠중이 모두 받을 수는 없는 노릇 아닌가. 아마 머리를 싸매고 있는 건 단리세가주 정도밖에 없을걸세."

"음. 자네 말을 들어 보니 그렇겠구먼. 그럼 단리세가주 는 하례물로 뭘 가져갈까?"

"글쎄. 뭔지는 몰라도, 상당히 좋은 걸 준비했을 거야. 들리는 소문으로는 단리세가주가 남궁세가와 사돈을 맺으 려고 엄청나게 노력한다고 하더군. 그럼 거기에 맞는 선물 을 준비하지 않았겠나."

둘의 대화는 이후에도 계속되었지만, 어차피 동봉수와는 무관한 얘기였다. 그는 완벽하게 소삼으로 빙의 되어서 무 명협객이나 남궁세가의 혼례에 대해 떠들어 대는 사람들을 무심하게 지나쳤다.

그에게는 지금 그따위 것들보다, 이제 어떻게, 또 어떤 방식으로 무림인들을 사냥해야 할 것인가, 그것이 훨씬 중 요한 문제였다.

그 생각을 하는 사이, 그는 어느새 세가의 정문에 도착했 다.

동봉수는 단리세가에 들어선 후 지체 없이 자신의 거처 인 동마구간으로 향했다.

그는 마구간으로 걸어가면서도 여러 가지 생각을 떠올렸 지만, 아직 어느 것 하나로 결정을 내리지는 않았다.

그 결정은 마구간에 도착한 후, 하나씩 하나씩 짚어 가며 최대한 신중하게 내릴 것이다.

그와 여로가 단리세가의 여러 전각을 지나 거의 마구간에 도착했을 때였다.

[귀하와 10레벨 이상 차이가 나는 적이 20미터 이내에 접근했습니다. 20……]

우뚝.
그의 걸음이 본능적으로 멈췄다.
영안이 발동한 것이다
동봉수의 시선이 자연스레 자신의 보금자리인 마구간에 고정되었다.
동마구간은 외떨어진 곳에 위치해 있었기에 이곳에 누군가가 찾아왔다면 마구간 안에 있다는 건 보지 않아도 알 수 있는 일이었다.
'왜지?'
그의 마음속에 그런 질문이 퍼뜩 떠올랐다.
누구지? 가 아닌 왜지? 라는 질문이 먼저 떠오른 이유는 누구지에 대한 정답은 이미 나와 있었기 때문이었다.
얼마 전이었다면 선택지가 세 가지가 있었겠지만, 레벨 7에 이른 이제는 답이 하나밖에 없었다.

[7, 6, 5……]

동봉수는 '왜'에 대한 답을 찾지 못했지만, 계속해서 마구간으로 다가갔다.

마구간 안에 있을 그 '적'이 위험하지 않은 일로 자신을 찾아왔다는 확신이 있었기 때문이었다.

자신을 죽이거나 잡으려고 했다면 이곳에서 기다리고 있을 리가 없었다.

그렇다 하더라도 그는 계속 머릿속으로 그가 찾아온 이유에 대해 생각했다. 그리고 결국, 한 가지 이유를 찾을 수 있었다.

아까 저자에서 사람들이 무명협객에 관한 이야기 이외에 거론하던 또 하나의 소재.

아주 짧은 순간, 동봉수의 이가 보였다가 사라졌다. 생각지도 않은 일로 그의 다음 행보가 결정이 난 것 같았다.

그는 여로의 고삐를 아주 조심스럽게 쥐고는 마구간 안으로 들어섰다.

끼이익. 탁.

역시 예상대로 마구간 안에는 멋들어진 흰 수염을 가슴까지 드리운 초로의 노인이 서 있었다.

그는 양손으로 뒷짐을 진 채 마구간 안으로 들어서는 동봉수와 여로를 바라보고 있었다.

그는 바로.

단리세가주 비천미검 단리천우였다.

"네가 소삼이로구나."

동봉수는 그와 눈이 마주치자마자, 바닥에 바짝 엎드렸다.

세가의 머슴으로서 당연히 그래야 했다.

스윽.

단리천우가 미끄러지듯 동봉수와 여로를 향해 다가왔다.

동봉수는 엎드린 상태에서 살짝 고개를 들고 있었기에 자연스레 단리천우의 발을 볼 수 있었다.

'저건……!'

단리천우가 움직인 건 단지 짧은 순간이었다. 하지만 그걸 본 동봉수의 뇌에는 짜르르한 전류가 흘렀다. 그가 봤을 때 단리천우의 움직임은 물리법칙을 완전히 벗어난 것이었다.

저런 걸 걸음이라고 할 수 있는 것인가?

인간은 발과 바닥의 마찰력이 있기에 앞으로 나아갈 수 있다.

마찰력이 0이라면 앞으로도, 뒤로도 걸을 수 없다. 아무리 작은 수치라도 마찰력이 있어야 전진하거나 후진할 수 있다.

단, 바닥 재질의 마찰 계수가 매우 작을 때는 앞으로 걸어가는 것이 쉽지가 않다.

미끄러지기 때문이다.

그래서 인간은 그런 경우, 앞으로 잘 나가기 위해 마찰계수를 크게 만들어 주는 신을 신거나 바닥과 닿는 표면적을 줄여 앞으로 미끄러져 나아갈 수 있도록 한다.

등산 전용 신발이나 빙상용 스케이트화가 그런 예다.

그런데 지금 단리천우가 신고 있는 신발은 비단으로 만든 평범한 신이었다.

무엇보다도 이곳의 바닥은 그저 평범한 흙바닥.

재보지 않아도 마찰계수도 클 것이다.

그러나.

지금 단리천우는 마치 중력 법칙과 마찰력을 무시한 듯, 바닥 위를 '날듯이' 움직이고 있었다.

"……"

동봉수는 지금까지 무공을 가진 자를 여럿 봤지만, 저런 건 처음 봤다.

저것이 진짜 경공인가?

여태껏 봐 왔던 경공들—흑객들과 일반 무사의 것들—은 정말 저급의 경공에, 신법이었던 것이다.

또한, 그가 스킬로써 사용하고 있는 경공은 저것과 또 다른 면에서 전혀 달랐다.

그것도 물론 물리법칙을 벗어난, 게임의 법칙에 의해 작동하는 기술이지만, 그건 그저 '스킬'로써 몸을 더 빠르고 날래게 만드는 것에 불과한 것이지 저것과는 차원이 달랐다.

저것, 무공으로서의 경공은 이곳의 자연법칙을 이용해서

특별하게 움직이는 특별한 깨달음에 다름없었다.

물리법칙과는 또 다른 신세계.

동봉수는 단리천우의 그 한 걸음에서 그것을 느끼고 봤다.

그 순간, 동봉수는 이곳에 온 이후 처음으로 무공을 익혀야겠다는 생각을 했다.

그동안은 레벨만 올리면 충분하다고 느꼈었지만, 지금 바로 이 순간 그 생각에 변화가 찾아왔다.

단리천우의 작은 발걸음 하나가 동봉수에게는 큰 변화를 가져왔다.

동봉수 외에는 누구도 알지 못했지만, 살인마는 또 한 번 진화를 향해 다가가고 있었다.

그러는 사이 단리천우가 동봉수의 옆에 도달했다.

동봉수는 여전히 단리천우의 발을 주시하고 있었고, 단리천우는 그저 가만히 손을 들어 여로의 코를 쓰다듬었다.

"너와도 이제 작별이구나."

히히힝.

여로가 낮게 울며 주인의 부드러운 손길을 반겼다.

그에 동봉수는 마구간 앞에서 한 자신의 예상이 맞았다는 걸 알았다.

단리천우가 이곳에 나타난 이유는 남궁세가에 보낼 하례물을 보기 위해서였다.

그때였다. 그의 머리 위로 그림자 하나가 길게 드리워졌다. 단리천우 말고 다른 이가 마구간에 찾아온 것이다.

그 그림자의 주인을 이곳 주인인 동봉수 대신 단리천우가 반겨 준다.

"왔나."

"네, 가주."

동봉수는 한 번 들은 음성은 절대로 잊지 않는다.

방금 나타난 자의 목소리도 들은 적이 있었다.

'기대효인가?'

그의 예상대로 나타난 자는 흑오단주 기대효였다.

기대효는 사실 가주가 무슨 바람이 불어 그를 이런 곳으로 불러낸 것인지 아직 알지 못했다.

여로를 타고 싶다면 그냥 하인들을 시켜서 세가 앞에 준비시키면 될 텐데, 왜 이 냄새 나는 곳까지 가주가 직접 찾아온 것인가, 거기에다가 왜 자기를 이곳으로 불러냈을까 하고 생각하고 있었다.

그런 그의 마음을 알아챈 것인지 단리천우가 은근히 웃으며 말했다.

"그런 표정 지을 것 없네. 그저 마지막으로 여로를 한 번 보고 싶었던 것뿐일세."

"……!"

기대효는 깜짝 놀랐다. 단리천우의 '마지막'이라는 말 때문이었다.

물론 고개를 숙인 채 둘의 대화를 듣고 있는 동봉수는 이미 예상하고 있던 말이었다.

"허허. 놀라지 말래도 그러는구면."

"하지만……."

"돌아오는 보름날, 남궁세가주의 둘째 딸이 혼사를 치른다네."

"아!"

남궁세가주 검선(劍仙) 남궁벽(南宮璧).

현 중원오대세가 중 그 세력이 가장 막강한 남궁세가의 가주이며 무림 최고의 검수 중 한 명.

무엇보다도 남궁벽, 아니, 남궁세가의 위세는 안휘에서 절대적이다.

경쟁 상대라도 있었다면 조금 나았겠지만, 안휘에는 남궁세가를 제외하고, 구파일방이나 다른 중원오대세가는 없었다.

견제 세력이 전혀 없는 것이다. 하다못해 큰 흑도방파 또한 전무했다.

그 말인즉슨, 남궁세가주 둘째 딸의 혼사라면 안휘 전체를 들었다 놓을 수 있는 행사라는 뜻이었다.

단리천우가 몸소 이곳까지 온 것은, 이번 남궁세가의 혼사에 하례물로서 여로를 보낼 결심을 했다는 뜻이다.

"괜찮으시겠습니까?"

기대효가 이렇게 말한 이유는 단리천우가 얼마나 여로를 아끼는지 잘 알고 있었기 때문이었다.

하지만 여로를 보낼 결심을 했는데도 불구하고 단리천우의 얼굴에는 여유가 넘쳤다.

오히려 얼굴 전체에 엷은 미소까지 번져 있었다.

"괜찮다마다. 우리 아이들 중 하나를 남궁세가로 보낼 수만 있다면 이것보다 더한 것도 할 수 있다네."

"......!"

그제야 기대효는 단리천우가 진정으로 노리는 것이 무엇인지 깨달았다.

여로를 하례물로 보내겠다는 건, 이번 혼사를 구실로 어떤 방식으로든 남궁세가와 연을 맺겠다는 의지의 표현! 그것이 분명했다.

확실히 안휘에서 기반을 다지려면 남궁세가의 그늘 안으로 들어가는 것이 최선이었다.

그 방법은 여러 가지가 있겠지만, 확실한 방법은 단 두 가지였다.

"백년가약입니까? 아니면 구배지례입니까?"

백년가약.

백 년을 함께하자는 약속, 결혼을 뜻하는 것이다.

구배지례.

아홉 번의 절을 하는 예법. 제자가 스승과 연을 맺을 때에 취하는 의식이다.

그 두 가지는 바로 결혼 동맹과 사승 관계였다.

동봉수는 기대효의 이야기를 들으면서 또 한 번 단리천우의 대답을 예측했다. 그리고 이번에도 어김없이 들어맞았다.

"내가 조금 전에 말하지 않았는가. 우리 아이들 중 하나라고 말일세. 통나무 하나를 놓는 것보다 두 개를 놓는 게 개울을 건너기에 편할 것이 아닌가."

"하지만…… 둘 다 남궁세가에서 원치 않을 수도 있습니다."

기대효의 말에 단리천우가 긴 백염(白髯)을 쓰다듬으며 미소를 지었다.

"허허허. 그래서 내가 자네를 부른 것이 아니겠는가."

"……."

"무슨 수를 쓰든 상관하지 않을 테니, 반드시 성사시키게."

"대상은 누구로 생각하고 계십니까?"

대상.

기대효는 어떤 대상을 말하는지 그 대상을 특정 짓지 않았다.

그럼에도 단리천우는 알아들었는지 다시 한 번 여로의 코를 쓰다듬으며 말했다.

"벽력패검(霹靂覇劍)으로 하지."

"알겠습니다, 가주."

벽력패검은 현 남궁세가주의 셋째 동생이자, 전대 남궁세가주의 막내아들인 남궁후(南宮厚)의 별호였다.

그걸로 단리천우가 기대효를 이곳으로 부른 이유에 대한

본론은 끝이 났다. 그리고 그것으로 기대효는 단리천우의 이야기를 모두 이해했다.

단리천우가 원하는 건 그저 남궁세가와 연결된 작은 끈이었다.

거창하게 다음대 남궁세가의 대권(大權)을 노리거나 하는 것이 아니었다.

자신의 아들인 단리강해(段里江海)가 남궁후의 제자로 들어가거나, 그것도 아니면 둘째 딸인 단리희가 남궁후나 남궁후의 아들 중 하나의 정실이나 첩실이 되는 것.

그것이었다. 위험한 급진(急進)보다 안정적인 기반의 확보를 선택한 것이다.

"언제 출발하면 되겠습니까?"

"내일 당장 떠나게. 가서 해야 할 일이 많을 걸세."

"네, 가주."

이야기가 끝났다고 생각한 기대효는 단리천우를 향해 머리를 한 번 조아리고는 몸을 돌렸다.

그때 그의 등 뒤로 단리천우의 마지막 말이 전해졌다.

"남궁세가로 떠나기 전, 이 아이도 꼭 데리고 출발하게나. 여로를 다스리는 데에 이 아이가 꼭 필요할 테니."

단리천우가 여로의 코를 만지던 손으로 옆에 가만히 고개를 숙이고 있는 소삼, 동봉수를 가리켰다.

동봉수는 고개를 숙인 채 가만히 둘의 대화를 들으며 눈을 빛내고 있었다.

"네, 가주."

기대효의 짧은 대답. 그걸로 동봉수의 출외(出外)가 결정되었다.

第六章

탈피(脫皮)

絶世狂人

악당은 너와 키스를 나누는 사이에도 네 이빨 개수를 세
고 있다.

— 유대 속담

＊　　＊　　＊

남궁세가로 떠나는 날 아침.

동봉수는 간단한 여장과 함께 여로를 데리고 세가 밖으
로 나섰다. 너무 일찍 일어난 탓인지 아직 아무도 없었다.

그는 여로의 고삐를 부여잡은 채로 어제부터 했던 생각
을 가만히 이어 갔다.

무공을 익히려면 어떻게 해야 하는가?

현재로서는 눈대중으로 보고 익힌 대로 따라 할 수밖에 없었다.

그는 어제 저녁, 그동안의 기억—흑단의 단주들이나 세가에서 봤던 무사들의 움직임 등—에 의존해서 무공들을 재현해 봤다.

모양을 따라 할 수는 있었지만, 잘되지 않았다.

말 그대로 흉내. 그 이상도 그 이하도 아니었다.

결국 무공을 익히려면 배우는 수밖에 없었다.

그럼 어떻게 해야 하는가?

책을 보거나, 누군가에게 사사(師事)해야 한다.

이중 전자는 하책이고, 후자가 상책이다. 무슨 일이든 깨지고 찢어지며 혼자 익히는 것보다, 먼저 깨지고 찢어져 본 사람에게 배우는 것이 빠른 법이다. 그래야 같은 실수를 하지 않고도 다음 단계로 넘어갈 수 있으니까.

동봉수는 스스로를 돌아봤다.

지금 꼴로는 누구에게도 환영받을 수 없었다.

눈에 띄지 않는다는 점에서 벙어리 고공 소삼은 최상의 보호색을 갖춘 외형이었지만, 무언가를 배우기에는 부족한 모습이었다.

이대로 단리세가를 뛰쳐나가 누군가의 제자가 되기는 쉽지 않을 것이다.

왜냐하면, 그는 이미 이곳 나이로 18세에 이르렀고, 들은 말로는 이 나이에 무공을 익히기가 쉽지 않다고 한다. 설사 누군가 그를 받아 주더라도 뛰어난 스승은 아니기 십상이었다.

그는 일단 이 문제에 대해 접어 두기로 했다.

아직 그는 무림을 제대로 겪어 보지도 못했다. 일단 무공을 배우는 데에 있어서는 무림을 좀 더 겪어 본 후 결정해도 늦지 않으리라.

이번에 남궁세가에 가면 크게 견문을 넓힐 수 있을 터.

그리고 이에 대한 해견책도 얻을 수 있을 것이다.

정 안 된다면 책을 보고 익히면 된다. 이 문제는 아직 급한 일이 아니었다.

그는 다시 머리를 비우고 가만히 선 채 다른 사람들이 나오길 기다렸다.

그러나 겉보기에만 그럴 뿐, 그는 절대로 가만히 있는 것이 아니었다.

지금 옷으로 가려진 동봉수의 몸 곳곳에는 모래 알갱이들이 끊임없이 나타났다 사라졌다를 반복하고 있었다.

바로 인벤토리 신공의 연마였다. 특별히 숙련도나 레벨 같은 것이 있는 기술은 아니었지만, 여태껏 생존 과정을 돌아봤을 때 가장 유용한 기술이었다.

심지어 레벨업 시 주어지는 스킬들보다도 우위에 있는 기술이 바로 인벤토리 신공이었다.

거기에 더해, 최근에는 이 기술 또한 진보시킬 수 있다는 걸 깨달았다.

그건 바로 동시에 두 개의 물건을 꺼내거나 넣는 것이었다. 아직 완벽하게 숙달되지는 않았지만, 어느 정도 가능해졌다.

아마 시간이 더 흐른다면 한 번에 세 개나 네 개의 물건을 동시에 빼거나 집어넣는 것도 가능해질 것이다.

그래서 그는 지금도 그 자리에 선 채 인벤토리 신공을 숙련하고 있었다.

그렇게 얼마나 시간이 더 흘렀을까.

서서히 태양빛이 대지를 데워 가고 있을 무렵, 남궁세가로 떠날 사람들이 하나둘씩 얼굴을 보이기 시작했다.

가장 먼저 흑오단원들이 나와서 세가의 정문 앞에 조용히 정렬했다.

아마도 기대효와 기만지를 기다리는 것이리라. 동봉수는 그들의 눈치를 살피며 조용히 구석진 곳에 가서 섰다.

소삼의 역할에 충실하기 위해서였다. 소삼이라면 분명히 그랬을 테니까.

잠시 뒤, 흑오단의 무복을 정갈하게 차려입은 기만지가 나타나 떠날 인원을 점검했다.

"흑오단 전원 집합 완료했군."

흑오단의 수를 모두 센 그는 동봉수 쪽으로도 시선을 한번 줬다.

"여로도 나왔고."

그에게 소삼인 동봉수는 그저 여로의 부록에 다름 아니었다.

기만지는 뒤이어 여로 이외에 남궁세가에 가지고 갈 하례물들과 그걸 수송할 인원수를 확인했다. 역시 문제는 없었다.

"음, 문제없군. 아직 안 나온 사람은?"

"공자와 소저를 빼고는 모두 모였습니다."

기만지의 질문에 흑오단원 중 한 명이 대답했다.

그가 말하는 공자는 단리천우의 첫째 아들이 단리강해였고, 소저는 둘째 딸인 단리희를 말함이었다.

아직 기대효가 나오지 않았지만, 그는 기만지가 다 모은 후 보고를 할 대상이었기에 그에 대한 이야기는 아예 하지 않았다.

단리강해와 단리희가 보이지 않았지만, 기만지는 별로 대수롭지 않게 생각했다. 어차피 예상하고 있었기 때문이었다.

"그럼 다 나온 것이군."

기만지는 눈으로 빠르게 다시 한 번 인원 점검을 마치고는 세가 안으로 들어갔다.

그가 들어간 지 얼마 지나지 않아, 기대효와 기만지가 세가 밖으로 나왔다. .

기대효는 나오자마자, 별다른 얘기 없이 바로 흑오단원들 사이를 가로질러 앞으로 걸어갔다. 무언의 출발 신호였다.

그런 기대효 대신 기만지가 큰 소리로 외쳤다.

"가자."

모든 인원은 그 말과 함께 기대효를 따라 남궁세가로의 여정을 시작했다.

가장 중요한 인원 두 명이 빠져 있었지만, 그것에 대해 이상하게 여기는 사람은 아무도 없었다. 동봉수도 마찬가지였다.

단리세가의 모든 사람들은 단리강해와 단리희가 어떤 인간인지 이미 잘 알고 있었다.

단리강해는 볼 것도 없이 봉양 번화가 어느 객잔에서 술을 마시며 여체를 주무르고 있을 것이며, 단리희는 아직 세가 안에 있을 것이다.

그녀는 병적으로 아랫사람들과 같이 다니는 걸 싫어했다.

아마도 이곳에 모인 흑오단원들 말고 그녀를 멀리서 수행할 다른 흑오단원들 또한 세가에 남아 있을 터였다. 그녀는 그들이 떠난 후 조금 뒤에 후발로 일행을 쫓아올 것이다.

일행은 계속해서 길을 따라 걸었다. 어느새 그들은 봉양의 번화가에 도착했다.

"모두 정지. 잠시 대기한다."

기만지의 한마디에 일행은 모두 그 자리에 정지했다. 정지한 이유는 모두들 알고 있다시피 단리강해를 데리고 가기 위해서였다.

아직 이른 시간이라 번화가는 한산했다. 단 한 곳만 빼면 말이다.

우당탕.

행호객잔(行豪客棧)이라는 현판이 멋지게 걸려 있는 객잔 안에서 누군가 싸우는 것인지 시끄러운 소리가 났다.

"또인가?"

기대효가 나지막이 중얼거리고는 객잔 쪽으로 걸어갔다.

말은 그가 했지만, 그 말은 동봉수를 제외한 모두가 머릿속으로 하고 있었다.

단리강해는 단리천우의 첫째 아들로 뛰어난 오성과 자질을 가진 무림 기재였다.

봉양이 그리 큰 성시는 아니었지만, 봉양 최고의 기재라면 말할 것도 없이 단리강해였다. 다만, 그 품성이 경박하고 술과 여자를 너무도 좋아해서 좋지 않은 소문이 항상 그의 뒤를 따라다녔다.

어제 기대효가 단리천우에게 '둘 다 남궁세가에서 원하지 않을 수도 있다'고 말한 것도 그런 이유였다.

단리강해의 실력이 또래에 비해 훌륭하고 기초가 탁월해 실력적으로는 남궁세가의 외제자(外弟子)로 들어가기에 부족함이 없었지만, 문제는 그의 인성이었다.

가주의 명령이라 어쩔 수 없이 이번 일을 할 수밖에 없었지만, 솔직히 기대효는 크게 기대하지 않고 있었다.

그가 지금 믿을 수 있는 것은 천마(天馬)라고 불리는 한 혈보마, 여로밖에 없었다. 남궁벽이 좋은 말을 수집한다는 소문이 사실이기를 빌 뿐이라고 해야 할까.

기대효는 고개를 한 번 내젓고는 객잔 쪽으로 다가갔다.

그사이에도 객잔 내부에서의 격투음은 멈추질 않았다.

퍼버버벅!

객잔 입구로 걸어가는 기대효는 상당히 의아함을 느꼈다.

도대체 누가 있어 단리강해와 저렇게 싸울 수가 있는가.

인성과는 무관하게 단리강해는 안휘에서 꽤나 알려진 후기지수(後起之秀)였다.

봉양의 중소문파 소속의 인물들 중에는 그에게 덤빌 사람도 없을뿐더러, 저렇게 여러 수를 받아 낼 사람도 없었다. 최근에는 그의 패악질에 상대할 사람이 없기에 오히려 그가 출몰하는 객잔은 조용한 편이었다.

'도대체 누구인가?'

기대효가 마음속으로 그렇게 생각한 순간.

우당탕!

큰소리가 나며 객잔 밖으로 누군가 튀어나와 바닥에 나뒹굴었다. 술에 취해 얼굴에 붉은 기운이 돌고 있었지만, 여전히 훤칠한 외모를 자랑하는 젊은 사내. 단리강해였다.

"음?!"

기대효의 입에서 의외성의 감탄음이 새어 나왔다.

어떻게 된 것인가.

지금 객잔 안에 있는 자는 단리강해와 손을 섞는 정도가
아니라, 오히려 패퇴(敗退)까지 시켰다.

　그의 뇌리에 불현듯 불길한 기분이 스쳤다.

　그런 기대효과는 반대로 이 상황을 지켜보고 있는 동봉
수는 다른 것을 느끼고 있었다.

　그는 이미 세가에서부터 이곳으로 올 때까지 끊임없이
수련하던 인벤토리 신공의 수련을 멈춘 상태였다.

　[귀하와 10레벨 이상 차이가 나는 적이 20미터 이내에
접근했습니다. 20.]

　영안이 발동했기 때문이었다.

　그리고 영안의 대상은 단리강해를 객잔 밖으로 쫓아낸
자임이 틀림없었다.

　"젠장! 이 자식 죽여 버리겠어!"

　단리강해가 몸을 일으키며 욕설을 뱉었다.

　그 대상이야 볼 것도 없이 자신을 객잔 밖으로 몰아낸 자
일 터.

　그가 반쯤 몸을 일으켰을 때, 동봉수의 눈에 갈색의 인영
이 벼락같이 객잔 밖으로 날아, 나오는 것이 보였다.

　파라라락.

　갈색인영의 장포자락이 휘날리며 옷섶과 공기의 마찰로
특이한 파공음이 만들어졌다.

갈의장포인은 나타나자마자, 바로 단리강해를 향해 달려들었다. 그러고는 단리강해가 피할 틈도 없이 그의 목을 밟아 버렸다.

"컥!"

갈의장포인에게 밟혀 단리강해가 반쯤 일으켰던 몸을 바닥에 다시 눕히는 순간, 동봉수는 기대효를 바라봤다.

차차창!

예상대로 기대효는 단리강해가 공격당하는 걸 보고는 재고 자시고 할 겨를도 없이 검을 뽑아 들었다.

"멈추시오!"

기대효의 외침을 들은 갈의 중년인은 여전히 단리강해의 목을 밟은 채 기대효를 바라봤다.

동봉수는 그제야 갈의장포인을 자세히 볼 수 있었다.

그는 중 키의 냉막한 인상의 중년인.

눈에서 한기가 도는 것이, 무공의 고하와 무관하게 그 성격 자체가 냉혹하게 보였다.

그런 그가 얼굴만큼 차가운 음성으로 기대효에게 말했다.

"뭔가?"

굉장히 짧은 말이었지만, 그 한마디에 동봉수를 제외한 좌중 모두가 압도당했다.

동봉수는 갈의중년인의 차가운 말에서 잠시 심장이 짜릿한 느낌이 들었지만 위축되거나 하지는 않았다.

그저 목소리에 내공이 실린다는 게 이런 느낌이라는 걸

처음 알았을 따름이었다. 그는 애초에 누군가에게 공포를 느끼거나 몸을 움츠리지 않는다. 단지 그런 척만 할 뿐.

갈의중년인은 고개를 돌리며 사람들을 둘러봤다.

동봉수는 여로의 뒤로 눈을 숨겼다. 본능적인 동작이었다.

그는 아직 덜 여문 포식자였다. 힘이 우월한 또 다른 포식자의 눈에 띄어 봐야 좋을 것이 전혀 없었다. 특히나 지금처럼 상대를 탐색해야 할 때는 더더군다나 그랬다.

갈포인은 잠시 여로에게 시선을 줬을 뿐 관심 없다는 듯 다시금 기대효를 바라봤다.

동봉수 또한 다시 기대효에게 시선을 집중했다.

기대효는 단리세가의 손이자 발이며, 또한 눈이었다. 그가 갈의인에 대해 설명해 주길 바랐다.

하지만 그도 갈의인의 정체에 대해 모르는지 침을 꼴깍 삼키며 자신의 관등성명을 댄다.

"나는 단리세가 흑오단의 단주 기대효요. 그리고 당신이 지금 핍박을 가하고 있는 사람은 단리세가의 공자요. 지금 즉시 발을 떼지 않는다면 가만히 있지 않겠소."

기대효가 으름장을 놓고 있기는 했지만, 자신 있는 목소리는 분명 아니었다.

이미 기세에서 밀리고 있었기 때문이었다.

동봉수는 기대효가 갈의인에 대해 전혀 모른다는 걸 알았다.

그걸로 여러 가지를 유추할 수 있었다.

흑오단주가 봉양에서 모르는 자를 만났다. 그 말인즉슨, 저자는 봉양 무림인이 아니라는 소리다.

아니, 그걸 넘어서서 안휘성에서 활동하는 무림인이 아닐 것이다.

기대효와 흑오단은 안휘 무림에 관해 구석구석 모르는 것이 없을 정도로 뛰어난 정보력을 가지고 있었다. 그가 모른다면, 이곳 사람이 아닌 것이 명확했다.

외부 인사. 그것도 측정불가의 고수다.

동봉수는 결정을 내려야 했다.

레벨 10이상 차이가 나는 고수가 이쪽을 향해 적의를 드러내고 있었다.

정확히 알 수는 없지만, 그의 판단으로 갈의인은 단리천우보다도 고수였다. 이곳의 인원으로는 절대로 저자를 당해낼 수 없었다.

도망이냐? 아니면 사태를 더 지켜보느냐?

그의 고민은 그리 길지 않았다.

동봉수는 선천적으로 살기 같은 것을 가지지 않은 사람이지만, 살기를 읽어 내는 데에는 탁월한 재능이 있었다.

살기의 강도가 포식자의 급수를 결정하는 데에 크게 유용했기 때문이었다.

자신과 같이 살기가 없는 자가 최상위, 아직 본인 이외에 만나 본 적은 없다. 그 다음으로는 살기의 강도에 따라 그야만성(野蠻性)과 포식성(捕食性)의 정도를 측정할 수 있었다.

일단 지금 저자는 살기를 내뿜고 있지 않았다.

원래 살기가 없는 그런 자는 아니었고, 그저 벌레들을 바라보는 사자의 느낌이었다. 그는 동봉수와 흑오단을 없앨 생각이 없는 것이 확실했다.

동봉수는 후자를 택했다.

그의 눈이 날카롭게 빛날 때, 갈의인이 기대효를 바라보며 가만히 입을 열었다.

"단리세가? 그게 뭔가? 먹는 건가?"

기대효에게는 지극히 경멸적인 말이었지만, 동봉수에게는 저자의 강함에 대한 단서였다.

동봉수는 갈의인이 단리세가 따위는 안중에도 두지 않는 사람이라는 걸 알아챘다.

그러나 그는 여전히 그 자리에 있었다.

살기는 여전히 없었으니까. 대신 기대효의 얼굴이 붉으락푸르락 변하고 있었다.

참기 힘드리라. 나름대로 안휘에서 이름깨나 있는 세가인데 저런 취급을 받았으니 말이다. 하지만 역시 기대효는 침착한 인물이었다. 그것도 아니면 갈의중년인의 기세에 완전히 기선을 빼앗겼든지.

기대효는 이를 꽉 깨물며 갈의인에게 말했다.

"지금 그 말씀은 단리세가를 모욕하는 말씀이오. 그렇게 받아들여도 되겠소이까?"

기대효로서는 최선을 다한 응대였다.

생각 같아서는 바로 검을 휘둘러 공격하고 싶었겠지만, 본능적으로 그래서는 안 된다는 걸 알고 있었을 것이다. 그래서 지금 그가 한 몇 마디가 그가 취할 수 있는 가장 좋은 대처방법이었다.

하지만 그러거나 말거나 갈의인은 기대효의 말에 아까보다 더 차가운 표정을 지으며 응대했다.

"글쎄? 나는 단리세가가 먹는 건지, 싸는 건지, 아니면 밟는 건지 모르겠네."

"끅……."

갈의중년인은 마지막 '밟는 건지' 라는 말을 하며 발에 힘을 줬다.

단리강해의 얼굴이 순식간에 허옇게 변하며 눈동자가 까뒤집히기 시작했다.

기도가 제대로 막힌 것이다. 저 상태에서 조금만 더 힘을 주면 그대로 절명(絕命)할 터.

그에 따라 기대효의 얼굴도 새하얗게 변했다.

단리강해가 죽으면 자신도 죽은 목숨. 이제 그로서는 다른 선택의 여지가 없었다.

그는 즉각 손을 들어 갈의중년인을 가리키며 큰소리로 외쳤다.

"흑오단 전원, 저자를 공격해 공자를 구하라!"

반면, 동봉수는 여전히 갈의중년인을 주시하고 있을 뿐이었다.

아직 갈의인에게서는 어떠한 살기도 느껴지지 않았다. 동봉수가 느끼는 걸 기대효는 느끼지 못하는 것이다.

동봉수는 느긋하게 갈의인과 흑오단의 대결을 지켜봤다.

이제 안전이 확실해졌으니 갈의인의 고급 무공을 견식하면 그뿐이었다.

갈의인에게 흑오단은 그저 노리개일 테니까. 노리개를 죽이는 사람은 없다. 실수로 부술 수는 있겠지만.

파바박—!

기대효와 기만지를 비롯한 흑오단 전원이 갈의중년인을 향해 쇄도해 들었다.

갈의중년인은 그 모습을 지켜보면서도 여유로웠다.

그는 여전히 단리강해의 목에 올린 발을 떼지 않은 채, 한 손만 어깨 높이로 들어 올렸다.

동봉수의 날카로운 눈에 그의 손가락 사이사이에 끼어 있는 세침(細針) 수백 개가 보였다.

암기술인가?

그가 그렇게 생각한 그 순간, 갈의중년인의 손이 기대효와 흑오단원들을 향해 가볍게 떨쳐 졌다.

퓨뷰뷰뷰욱—

빠르지 않았다. 갈의인의 손을 떠난 바늘은 그저 여러 개가 나비 모양으로 뭉쳐서 기이한 움직임을 보이며 흑오단의 정예들에게 날아갔다.

하지만 그 빠르지 않은 침을 흑오단의 누구도 피하지 못했다. 아니, 피할 수 없었다.

동봉수가 느끼기에는 마치 현대 지구에서나 볼 수 있는 유도탄 같아 보였다.

"큭!"

"윽!"

"억!"

여러 종류의 짧은 비명과 함께 기대효와 흑오단원 전원이 일시에 바닥에 쓰러졌다.

단 한 수였다.

일수에 단리세가의 자랑인 흑오단이 제압된 것이다.

"이, 이건! 추혼비접(追魂飛蝶)?! 그, 그렇다면 당신은!"

기대효는 몸이 마비된 채 고개만 들어 갈의인을 바라보며 놀란 표정을 짓고 있었다.

이 기술은 처음 봤지만, 강호에 너무도 잘 알려진 암기술이다.

마치 혼을 쫓는 나비처럼 움직인다 하여 붙여진 무공.

추혼비접은 바로 중원오대세가 중 하나인 사천당가(四川唐家)의 비전무공(秘傳武功)이었다. 그리고 당문(唐門)에는 이 무공에 대해서 신의 경지에 이른 고수가 한 명 있었다.

기대효는 다시 한 번 갈의인의 얼굴을 쳐다봤다.

아, 왜 이제야 알아봤는가.

기대효가 기억하는 그 당문최고수의 인상착의와 갈포중년인의 인상은 완벽하게 똑같았다.

갈의중년인은 기대효의 경호성을 듣고는 냉소를 지었다. 그리고는 기대효를 내려다보며 차가운 목소리를 흘렸다.

"시골 잡부치고는 눈이 아주 썩지는 않았구나. 노부가 바로 당오(唐晤)다."

"⋯⋯!"

당오.

무림에서 가장 강하다는 스무 명, 이신삼괴오고십대(二神三怪五高十大) 중 십대(十大)에 속하는 고수. 중원오대세가의 하나인 사천당가(四川唐家)의 최고수. 사천성(四川省)에서는 그 상대를 찾아보기 어려운 절대고수.

그를 설명하는 말은 여러 가지가 있지만, 결국에는 그의 별호(別號)만큼 그에 대해 잘 나타내 주는 건 없었다.

추혼독수(追魂毒手).

[당오의 심기를 거스르는 자는 죽어서 혼이 되더라도 그의 독수를 피할 수 없으리!]

원래 당문은 암기술과 독술로 유명한 세가로써, 정사지간(正邪之間)의 문파였다.

그러던 것이 무림맹이 처음 결성될 때 소림사의 방장(方丈)이었던 혜인(惠仁)대사의 설득으로 그때부터 무림맹의 한 축으로 자리를 잡았다.

이후 여러 번의 부침은 있었지만, 단 한 번도 중원오대세가의 자리에서 빠진 적이 없을 정도로 강성한 세력이다.

사천당가는 그 무공의 원류만큼이나 독심으로 유명한 많은 고수들을 배출했지만, 그중에서도 당오는 독보적인 존재였다.

추혼비접은 이제는 거의 실전 상태인 만천화우(滿天花雨)를 제외하고는 가장 익히기 까다롭고 화후를 쌓아 나가기 어려운 암기술.

그것을 거의 극성에 이를 정도로 익혔으니, 당오는 당가 역사에 한 획을 그은 고수라고 할 수 있었다.

실제로 그는 원래의 추혼비접의 약점 여러 군데를 수정해서 지금의 추혼비접으로 발전시켰고, 그걸로 수도 없이 많은 사파고수들을 패퇴시켰다.

게다가 당오는 독술에도 천부적인 재능이 있어서, 아직 이름도 짓지 못한 수많은 독을 개발했다.

조금 전에도 독한 마음을 먹었다면 추혼비접의 수법에 무명지독(無名之毒)까지 함께 전개했을 것이다. 그랬다면 기대효가 지금 저렇게 놀란 표정을 짓고 있지도 못했을 건 자명한 일이었다.

당오의 위명은 너무도 유명해서, 동봉수도 그의 이름을

들어 알고 있었다.

'무림 이십대 고수라……'

동봉수는 마비된 채 고개만 오똑히 세우고 있는 기대효를 바라봤다.

그는 당오를 바라보고 있었는데, 이미 혼이 빠져나간 듯 얼굴이 허옇게 변해 있었다. 뭔가 하고 싶은 말이 있는지 입을 달싹거리고는 있었지만, 충격에 혼이 다 빠져나갈 정도인데 말할 정신이 어디 있으랴.

사과? 그따위 걸 할 수 있는 심력은 없어 보였다.

기대효의 저 반응만 보더라도 사천당가와 이십대 고수라는 이름값의 무게를 알 수 있었다.

그 무게만큼이나, 단리강해가 그동안 살면서 쳐 왔던 모든 사고를 합친 것보다 오늘 친 사고가 더 크다고 봐야 했다.

어떤 실수인지는 모르겠지만, 당오 정도 되는 인물의 심기를 거슬렸다면 그 내용에 따라서는 단리세가가 봉문(封門) 당할 수도 있는 일이었다.

하지만 동봉수는 여전히 여유가 있었다.

당오는 아직 차가운 눈빛을 뿌리며 오연하게 서 있었지만, 누구도 죽이지 않았다.

죽일 마음이 있었다면 조금 전 추혼비접에 모두 죽었을 터.

그는 그저 방금 당오가 시전했던 추혼비접의 수법을 떠

올리며, 이 상황이 어떻게 흘러갈지 주시할 뿐.

그때였다.

"할아버지."

행호객잔 밖으로 갈색면사로 얼굴을 가린 날씬한 여자 한 명이 걸어 나왔다.

버들가지처럼 가는 허리, 백옥같이 하얗고 버들잎처럼 하늘거리는 손끝, 목과 가슴과 어깨를 이어 주는 팽팽하게 당겨진 쇄골의 곡선. 몸매만으로도 수많은 남자를 울릴 수 있을 것 같은 가인(佳人)이었다.

할아버지라고 말하는 그녀의 목소리 또한 그 자태만큼이나 곱고 부드러웠다.

만약 그녀를 바라보는 사내가 동봉수가 아닌, 다른 이였다면 누구라도 황홀감을 느껴 정신이 혼미해졌으리라.

그녀의 부름에 당오가 그녀 쪽으로 고개를 돌렸다. 이미 그의 눈빛은 단리강해 등을 바라보던 것보다 훨씬 부드러워져 있었다.

"그냥 가요. 향읍(鄉邑)의 사람이라 뭘 몰라서 그런 거잖아요."

향읍.

그들에게 봉양은 시골에 불과했고, 단리세가는 촌의 중소문파일 뿐이며, 단리강해는 하룻강아지일 따름이었다.

호랑이는 하룻강아지의 짖음에 반응하지 않는 법.

당오는 면사녀의 말에 고개를 끄덕이며 말했다.

"그러자꾸나. 화(花)야. 이 정도면 이 녀석도 세상이 얼마나 넓은지 깨우쳤겠지. 에잉. 근데 정파의 후인이라는 녀석이 얼마나 할 일이 없으면 아침부터 술이나 퍼 마시면서 주정을 부리는 건지."

당오는 게거품을 물고 기절해 있는 단리강해를 보며 고개를 절레절레 저었다.

그가 단리강해와 흑오단에게 좀 과하게 손을 쓴 이유는 경고의 의미였다.

하룻강아지에게 세상의 넓음을 보여 준 것이랄까. 물론, 기절을 한 단리강해가 그렇게 받아들일지는 알 수 없는 문제였지만 말이다.

"성질 같아서는 여기 이 녀석 손모가지를 분질러 버리고 싶다만, 차마 정파의 아해에게 그렇게 모질게 손을 쓸 수가 없구나. 이 녀석이 깨어나면, 아무 여자한테 추근거리다가는 제명에 못살 거라고 단단히 일러 둬라. 알겠느냐?"

당오가 다시 한 번 한기를 뿌려 내며 기대효에게 말했다.

그제야 기대효는 일이 어떻게 된 것인지 알 수 있었다.

단리강해가 객잔에 들른 당오의 손녀에게 평소 유녀에게 하던 행동을 한 것이 확실했다.

아마도 면사녀의 매혹적인 자태에 혹한 단리강해가 그녀의 면사를 벗기려고 했거나, 대놓고 추태를 부렸을 것이다.

정말 운이 좋았다.

아무리 정파 간이라고는 해도 이런 경우에는 상호 간에

피를 볼 수도 있었다. 하물며 사천당가와 단리세가의 차이에서야, 더 말해 무엇하겠는가. 상호 간이 아닌, 일방적으로 단리세가 쪽이 피를 볼 것이 불을 보듯 빤했다.

"……네, 넵!"

기대효는 혹시라도 당오의 마음이 바뀔 세라 다급히 대답했다.

기대효의 대답을 들은 당오는 면사녀 당화(唐花)와 함께 쓰러진 흑오단원들 사이를 지나갔다.

스르륵.

어찌 된 일인지 당오가 한 걸음씩 걸음을 옮길 때마다 흑오단원들이 하나둘 정신을 차리기 시작했다.

당오가 걸어가면서 격공섭물(隔空攝物)로 아까 전개했던 침들을 모두 회수하고 있었던 것이다.

동봉수는 눈을 빛내며 그 장면을 하나하나 세심하게 보고 있었다.

만약 직접 보지 못했다면 믿기 힘들 정도로 대단한 모습이었다. 그의 마음속에는 더더욱 무공을 배워야겠다는 생각이 굳건해지고 있었다.

그러다가 우연히 동봉수와 당오의 눈이 마주쳤다.

"음……!"

무슨 일인가. 당오의 눈빛이 이상해졌다.

우뚝.

그가 걸음까지 멈추고는 동봉수를 바라봤다.

"할아버지?"

"화아야. 잠깐만, 여기 있어라."

당오는 의아함을 느끼는 당화에게 특별한 설명 없이, 동봉수에게 다가왔다.

'뭔가?'

또 한 번의 예측 불허의 사태가 벌어졌다.

동봉수는 다급히 고개를 숙였다. 그는 당오가 왜 자기에게 다가오는지 전혀 알 수가 없었다.

타박타박,

당오의 발소리가 점점 커지고 있었다.

"할아버지? 무슨 일이세요?"

당화가 갑자기 이상해진 당오를 다시 한 번 부르며 따라왔다.

당오는 손을 들어 그런 그녀를 제지하며 말했다.

"아무것도 아니다. 내 잠깐 이 아이에게 물어볼 것이 있어서 그러느니라."

물어볼 것.

직접적으로 볼일이 있다는 뜻이다.

동봉수의 뇌가 빠르게 회전했다.

하지만 아직까지 알 수 있는 건 아무것도 없었다.

그때 동봉수의 바로 앞까지 다가온 당오가 말했다.

"네 이름이 무엇이냐?"

"……."

동봉수는 아직 마아삼이었다. 마고공이자 벙어리 소삼. 말을 하면 안 되는 사람이었다.

"네 이름이 무엇이냐고 물었다."

당오의 음성이 살짝 커졌다.

하지만 동봉수는 여전히 말이 없었고, 대답은 뒤쪽에서 대신 나왔다. 기대효였다.

"그 녀석은 소삼이라는 마고공인데 말을 하지 못합니다."

"벙어리?"

기대효의 얘기를 들은 당오의 얼굴에 살짝 실망한 빛이 스쳐 지나갔다.

하지만 그럼에도 당오의 눈에서는 아직 동봉수에 대한 흥미가 사라지지 않았다.

그의 눈은 여전히 동봉수의 아래위를 훑고 있었다.

동봉수의 눈은 원래의 빛을 잃은 흐리멍텅한 색을 띠고 있었지만, 그 모든 걸 놓치지 않고 다 지켜보고 있었다. 그리고 마침내 당오가 무얼 원하는지 짐작해 낼 수 있었다.

당오의 지금 눈빛은 마치 보물을 노획한 해적이 보물에 관한 품평을 하는 것처럼 보였다.

보물. 통상 사람에게는 어울리지 않는 말이지만, 어쨌든 귀한 것을 뜻한다.

그리고 무인들에게 특히, 저런 당오 같은 절정고수가 보물을 보듯 젊은이를 바라본다면? 그리고 벙어리라는 걸 알

앉을 때 잠깐 실망한 빛을 보였다면?

예상치 못한 상황에서 갑작스럽게 찾아왔지만, 동봉수는 지금 드디어 마고공이라는 껍질을 벗을[脫皮] 기회를 잡았다는 걸 본능적으로 깨달았다.

그리고 그걸 절대로 놓칠 동봉수가 아니었다.

당오가 동봉수의 흐릿한 눈을 뚫어지게 바라봤다.

동봉수는 그의 행동에 맞춰서 눈에 아주 잠깐이지만, 소삼의 눈빛이 아닌 본래 동봉수의 눈빛을 띠었다.

당오의 눈에 기광이 번뜩였고, 그는 동봉수의 뛰어남을 어느 정도 잡아냈다. 하지만 이 모든 것이 동봉수의 연출된 행동이라는 것은 알지 못했다.

당오는 갑자기 손을 뻗어 동봉수의 손목을 잡고는 맥문을 짚었다.

그의 차가운 얼굴에 급격하게 놀란 기색이 번져 갔다.

동봉수는 아직 당오가 무엇 때문에 놀라는지는 잘 몰랐다.

한 가지 확실한 건, 그의 몸에 쌓인 JP 때문에 놀란 것은 아니라는 사실이다.

이곳에서 말하는 내공과 JP는 엄연히 달랐다.

둘이 같은 계열의 에너지였다면 단리천우나 기대효가 몰랐을 리가 없다. 실제로 내공을 지닌 자들의 분위기는 미묘하게 달랐고, 동봉수는 그 차이를 느낄 수 있었다.

자신한테는 내공의 존재로 인한 변화가 전혀 없었다.

당오가 놀란 이유는 분명히 '다른 데'에 있다. 그게 무엇인지 아직은 알 수 없지만, 나쁜 것은 절대로 아니었고, 그에게 지금과 같은 기회를 준 긍정적인 어떤 것일 터.

당오는 더 이상 동봉수의 몸을 살피는 일을 그만두고는 몸을 돌려 기대효에게 다가갔다.

"남궁세가로 가는 길인가?"

기대효는 지금 정신이 하나도 없었다.

단리강해 때문에 단리세가가 큰 위기에 봉착할 뻔했다가 간신히 벗어난 것 같았는데, 당오가 다시금 이상하게 행동했으니 그로서는 충분히 그럴 만했다.

게다가 그 이상행동의 원인이 소삼이었으니, 더 황당할 따름이리라.

기대효는 기절한 단리강해를 일으키다가 당오가 다가오며 묻자, 급히 몸을 일으키며 대답했다.

"네? ……아, 네. 남궁세가의 혼사 때문에……."

"이 아이가 하는 일은?"

"마, 마고공으로……."

"그럼 내가 데려가도 되겠지?"

당오는 기대효가 제대로 대답할 틈도 주지 않고 쏘아붙였다.

자신이 필요한 대답을 들으면 그 즉시 중간에서 기대효의 말을 끊어 버렸다.

"……네? 아, 안 됩니다. 그 녀석이 아니면 저 한혈마를 다스릴 수 있는 사람이 없습니다."

"그럼 남궁세가까지만 이 아이가 한혈마를 옮기면 되는 건가?"

"남궁세가에 한혈마를 다스릴 수 있는 마고공이 있다면……."

"남궁세가에는 한혈마 정도는 쉽게 다스릴 수 있는 유능한 말꾼들이 많이 있을 걸세. 굳이 이 아이가 남궁세가에 필요할 것 같지는 않네. 그럼 남궁세가에 도착한 다음에는 내가 이 아이를 데려가도 불만 없겠지?"

"……."

"아, 벽이 놈에게는 내가 직접 말하도록 하지. 또, 이 아이 몸값 정도는 내가 쳐 주도록 함세. 필요하다면 자네 세가주에게 내가 직접 서편(書編)도 써 주겠네. 어떤가? 그 정도면 충분하지 않은가?"

기대효는 도대체 정신이 하나도 없었다.

도대체 왜 당오와 같은 대단한 고수가 갑자기 이러는지? 마치 꿈을 꾸는 것 같은 기분이 들었다.

"……네. 저희는 어차피 저놈과 말을 하례물로서 남궁세 가주에게 드릴 생각이었습니다."

"그럼 됐네. 혹시 다른 부탁은 없나?"

뭐가 그렇게 기분이 좋은지 당오는 평소에 하지 않던 호의까지 베풀 요량이었다.

"네?! 그, 그렇게까지 해 주신다면야 저희야……!"

기대효로서는 생각지도 못한 행운이 찾아온 것이다.

단리강해가 사고를 침으로써 일생일대의 위기에 봉착했다고 생각했는데, 오히려 대반전이 일어난 격이었다.

남궁벽에게 이놈저놈이라고 할 정도의 친분을 가진 당오가 부탁해 준다면 단리강해를 남궁후의 제자 정도가 아니라 아예 세가주인 남궁벽의 외성제자(外姓弟子)로 넣을 수도 있을 터였다.

하지만 여전히 궁금한 게 남아 있었다.

도대체 소삼의 무얼 보고 당오가 이런 귀찮은 일까지 떠맡으면서까지 데리고 가려는 걸까 하는 것이었다.

그러나, 그로서는 먼저 나서서 질문할 수 없었다. 당오와 그의 차이는 그 정도였다. 기대효는 떠오른 질문을 금세 마음속으로 깊이 삼켰다.

자신은 단리천우가 그에게 준 임무만 무사히 끝마치면 되었다. 어차피 소삼 따위를 넘겨주고 그 이상의 성과를 얻는다면 남는 장사 아닌가.

"그래, 그 부탁이 뭔가? 내가 해 줄 수 있는 거라면 다 들어주겠네."

"단리 공자를 남궁세가주의 외성제자로 들이고 싶습니다."

"고작 그건가?"

"……네? 아, 네. 그거면 충분합니다."

"별것 아니군. 그럼 이제 이 아이는 내가 데리고 가도 되는 거군."

"아······ 네."

"허허허. 좋아, 아주 좋아. 그럼 출발하도록 하지."

당오는 뭐가 그렇게 좋은지 한시도 얼굴에서 웃음을 잃지 않았다.

처음 봤을 때의 그 차가운 기운은 이제 하나도 보이지 않을 정도였다.

그는 당화와 함께 앞서 걸어 나갔다. 그러다가 일행이 따라오지 않자 목소리에 내공을 실어 말했다.

"뭐하는 건가. 빨리 따라오지 않고."

"······!"

당오의 보챔에 기대효는 겨우 정신을 차리고는 단리강해를 짐마차에 싣고는 바로 출발했다.

동봉수도 그를 따라 여로를 이끌고 앞으로 나아갔다. 그의 귀에 당화와 당오가 나누는 이야기가 들려왔다.

"할아버지. 갑자기 왜 그러시는지 무슨 말씀이라도 해주세요. 저 소삼이라는 마고공이 뭔데 이렇게까지 하시는데요? 네?"

당화가 당오에게 대체 어떻게 된 일인지 알려 달라고 했지만, 당오는 미소만 지을 뿐 별말을 하지 않았다. 그가 한말은 그저.

"나중에. 나중에 다 이야기해 주마. 허허."

그게 전부였다.

당오의 호탕한 웃음.

그 웃음의 의미를 아는 사람은 이곳에서 동봉수가 유일
했다. 비록 그 근본 이유에 대해서 정확히 알지는 못했지
만, 그건 시간이 해결해 줄 것이다.

*   *   *

일행은 봉양을 출발해서 잠시도 쉬지 않고 걸었다.

저녁때쯤 되어서 그들은 회남(淮南)에 도착할 수 있었다.

회남은 후한말 원술(袁術)이 이곳에 도읍을 정한 걸로
유명한 곳인데, 회남이라는 그 이름 그대로 회하의 바로 남
쪽에 위치한 성시이다.

남궁세가는 이곳에서 남쪽으로 수십 리 밖에 떨어져 있
지 않았다. 아마 내일 하루만 열심히 걷는다면 도착할 수
있으리라.

그런데 일행은 회남에 도착해서 객잔을 잡는 데에 꽤 애
를 먹었다. 왜냐하면, 대부분의 객잔에 방이 없었기 때문이
었다.

당오나 단리세가의 인원들과 마찬가지로 수많은 무림인
들이 남궁세가로 가기 위해서 합비로 모여들고 있었던 것이
다. 당연히 그 도중에 있는 회남의 객잔이 붐비는 건 자명
한 일이었다.

일행은 간신히 그들 모두가 묵을 수 있는 객잔을 찾았다.

그러고는 즉시 각자의 방으로 뿔뿔이 흩어졌다.

내일 온종일 걸으려면 쉴 수 있을 때 푹 쉬어 둬야 하니까 말이다.

하지만 그중에서 유일하게 홀로 객잔 밖에 머무르는 사람이 있었다. 바로 동봉수였다.

기대효는 이제 그를 단리세가의 사람으로 생각하지 않았기에 특별한 조치를 취하지 않았지만, 내심으로는 남궁세가에 도착할 때까지는 그가 여로를 맡아 줬으면 싶었다.

한혈마 같이 귀한 말을 객잔 밖 마장(馬場)에 홀로 놔뒀다가는 어떻게 될지 몰랐기 때문이었다.

그의 마음과는 별개였지만, 어쨌든 동봉수는 누가 시키지 않았음에도 알아서 마장에 여로와 함께 머물렀다.

다른 사람이었다면 객잔에서 쉬는 것이 나았겠지만, 동봉수에게는 오히려 마장에서 지내는 것이 편했다.

여러 하인들 틈에 껴 있는 것보다 홀로 나와 있는 것이 훨씬 좋았다.

혼자 조용히 생각을 할 수도 있었고, 인벤토리 신공이나 스킬을 익힐 수도 있었다.

그는 단 한순간도 시간을 허투루 보내지 않는 사람이다. 만약 잠을 자지 않아도 되었다면 절대로 자지도 않았을 것이다.

그는 지금 마장 구석에 앉아서도 가만히 있지 않았다.

동봉수는 여로를 마장의 마봉에 묶어 두고는 인벤토리

신공을 연마하고 있었다.

그동안 꾸준히 수련한 것이 효과가 있는지 이제 이물입퇴(二物入退)에는 많이 능숙해졌다. 이제는 세 알의 모래를 동시에 뺐다가 넣었다를 연습할 차례였다.

동봉수가 그 연습을 막 시작하려는 찰나.

히히힝.

달빛을 받은 길고 검은 불청객이 마장 안에 드리워지자, 여로가 낮게 울었다.

이 늦은 시간에 누군가 마장으로 그를 찾아온 것이다.

이곳 객잔의 마장은 단리세가의 마구간과 다르게 문이 없었기에 누가 입구 쪽에 나타나면 바로 알아챌 수 있는 구조였다.

그림자의 존재를 확인한 순간, 동봉수의 투명한 눈빛이 순식간에 침잠되며 탁해졌다.

누가 눈을 마음의 거울이라고 했던가.

만약 그 말을 한 사람이 동봉수를 만났다면 그 말을 물리고 싶었거나 혹은 자신의 혀를 으적으적 씹어 없애고 싶었으리라.

동봉수는 물들이고 싶은 대로 마음껏 눈빛을 조절할 수 있었다.

둔재가 될 수도, 천재가 될 수도, 정열적인 사람이 될 수도, 권태로운 사람이 될 수도, 혹은 악마나 천사가 될 수도 있었다. 그는 눈빛 하나로 누구나 될 수 있었다.

그에게 눈은 마음의 거울이 아닌, 영상이 틀어져 있는 반사 유리였다.

상대가 볼 때는 동봉수의 마음을 거울에 비춘 것처럼 본다고 여기겠지만, 실상은 그 사람이 보고 싶은 걸 보게 되는 것이다.

아무리 가까이서 봐도 소용없다. 오히려 가까울수록 시야가 좁아져서 더욱더 헷갈릴 뿐이다.

반면, 동봉수는 유리 뒤에 몸을 숨기고 마음껏 상대를 관찰할 수 있었다.

그럼으로써 동봉수는 유리관 속 광대가 된 상대를, 마음대로 농락할 수 있게 되는 것이다.

동봉수의 눈이 완벽히 소삼의 눈으로 돌아왔을 때, 그림자가 그의 눈을 완전히 덮었다. 그는 인기척이 가까이 느껴질 때까지 기다렸다가 천천히 고개를 들어 나타난 사람의 얼굴을 확인했다.

그를 찾아온 이는 날아갈 듯 하늘거리는 몸매를 가진 면사녀였다.

늦은 시각, 그의 앞에 나타난 사람은 바로 당오의 손녀인 당화였다.

"할아버지도 참. 이런 자가 뭐라고 이 시간에 데리고 오라고 하시는지 몰라."

"……"

당화는 이유도 모른 채 투덜거리고 있었지만, 동봉수는

올 것이 왔다는 걸 알았다.

"따라와요."

기분 나쁜 말투와는 상관없이 그녀의 말 자체는 공손했다.

아마도 당오에게 동봉수를 함부로 대하지 말라는 말을 들은 것이 분명했다.

동봉수는 그녀의 말에 따라 천천히 자리에서 일어났다.

둘이 마장을 나서자, 그녀와 같이 온 흑오단원 한 명이 동봉수 대신 마장 안으로 들어섰다. 여로를 혼자 둘 수는 없었기 때문이었다.

이후 동봉수는 당화가 이끄는 대로 객잔 안으로 들어갔다.

그녀는 객잔에서 가장 크고 좋은 방으로 그를 데리고 갔다. 아마도 당오가 이 방에 묵고 있으리라.

그의 예상대로, 문을 열고 방 안으로 들어가자 방 한가운데에 냉정한 표정의 당오가 앉아 있었다.

"왔느냐? 이리 가까이 데리고 오너라."

"네, 할아버지."

동봉수는 당화를 따라 당오의 바로 앞까지 걸어갔다.

당오가 가만히 날카로운 눈매로 동봉수를 올려다보다가, 손을 들어 방 한구석에 놓인 침상을 가리키며 입을 열었다.

"저기 침상에 올라가 정좌(正坐)하거라."

동봉수는 별 망설임 없이 당오가 시키는 대로 침상 위에 올라가서 정좌했다.

당오가 무슨 일을 하려는 것인지는 몰랐지만, 그대로 하는 것이 좋다고 판단했다.

당오의 눈이 비록 차가웠으나, 그 내면에는 어떠한 열망이 이글거리고 있었다. 그리고 그 열망은 따질 필요도 없이 그에게 이로운 '어떤 일' 이었다.

동봉수가 정좌를 하자, 당오가 자리에서 일어나 침상으로 가까이 다가왔다. 그러고는 매서운 눈으로 동봉수의 몸을 한 번 훑은 후 이내 그의 몸 이곳저곳을 주무르기 시작했다.

고대 유물을 다루는 고고학자의 손길이 이 정도로 조심스러울까.

동봉수의 몸을 만지는 당오의 손길은 말로 표현하기 어려울 정도로 신중했다.

한참 뒤, 그는 충분히 동봉수의 신체에 대해 확인을 한 것인지 동봉수의 몸을 만지는 일을 멈췄다. 그러고는 품에서 용과 봉이 뒤얽혀 날아오르는 모습이, 금박으로 꼼꼼하게 박힌 작은 목곽 하나를 꺼냈다. 동봉수가 얼핏 보기에도 매우 귀한 물건 같았다.

"용봉금침(龍鳳金針)!"

뭔가? 당화가 경악하며 소리치는 걸로 봤을 때는, 단순히 귀한 물건이 아닌 듯했다.

"할아버지 대체 뭘 하시려고요? 설마?"

당오는 당화가 놀라든지 말든지 아랑곳하지 않고 동봉수에게 말했다.

"나는 지금 네게 어떠한 대법을 펼치려고 한다."

대법이라. 동봉수는 그것이 그 '이로운 어떤 일'이라고 생각했다.

당오의 말이 계속되었다.

"매우 고통스러울 것이다. 어쩌면 죽는 게 낫다고 여길지도 모를 정도로. 하지만 견디고 나면 너는 말을 되찾을 수 있고, 또! 본래의 너, 태어난 그대로의 너로 돌아갈 수 있을 것이다. 어떠냐? 하겠느냐?"

동봉수는 당오가 말하는 '본래의, 태어난 그대로'라는 말이 뭘 말하는지는 알 수 없었다.

그저 그것이 당오가 그를 선택한 이유라는 것만 알 수 있을 따름이었다.

재미있는 것은 당오가 그에게 선택권을 줬다는 것이다.

마고공인 자신과 당오의 차이는 태양과 반딧불이 사이의 간극만큼이나 컸다.

그럼에도 당오는 자신에게 '명령'하지 않고, '선택'을 할 수 있게 한다는 건, 대법을 함으로써 따라오는 고통이 상상을 초월한다는 뜻이었다.

선택의 순간이다. 동봉수는 생각했다.

과연 고민이 필요한가? 아니다.

기회가 왔다. 기회는 왔을 때 잡아야 한다.

패널티는? 죽을 정도의 고통? 알게 뭔가, 죽을 정도로 고통스럽다는 건, 결국 죽지 않는다는 소리.

죽지 않으면 그뿐이다. 죽지 않으면 더욱 강해진다.

선택의 여지는? 없다.

여기서 물러서면 그만큼 시간을 버리는 일이다. 낭비하는 시간이 많을수록 죽음과 그만큼 가까워지는 길이다. 그깟 고통 조금 때문에, 뒤를 돌아볼 이유는 없다.

'전진, 앞으로 간다.'

동봉수는 천천히, 하지만 굳건하게 고개를 끄덕였다.

그걸 본 당오가 씨익 웃었다.

만족한 웃음이다. 동봉수의 가벼운 끄덕임 한 번이 추혼독수 당오를 웃게 만들었고, 그에게 믿음을 줬다.

"귤화위지(橘化爲枳)라는 말을 아느냐?"

귤화위지.

회남의 귤이 회수를 건너 북으로 가면 탱자로 변한다는 뜻의 사자성어다.

춘추(春秋)시대 때 제(齊)나라의 재상이었던 안영(晏嬰)이 바로 이곳 회남을 지나 회북의 초(楚)나라에 사신으로 가서 초왕에게 했던 유명한 말이다.

물론 동봉수는 그 말을 잘 알고 있었다.

다시 한 번 이곳이, 무림이라는 기괴한 세상이 동시에 존재한다는 걸 제외하고는 지구의 과거와 크게 다를 바가 없는 평행 세계라는 것을 알 수 있었다.

그 뜻과 연원이 지구의 그것과 같다는 걸 알려 주려는 듯, 당오의 설명이 이어졌다.

"회남의 귤이 회수(淮水)를 건너 북으로 가면 탱자로 변한다는 말이지."

"하, 할아버지!"

당오가 무슨 말을 하기 위해 귤화위지라는 사자성어를 꺼낸 것인지 눈치를 챈 모양이다. 당화가 깜짝 놀라 당오를 불렀다.

동봉수 또한, 당오가 왜 귤화위지란 말을 꺼냈는지 알 것 같았다.

아까 예상했던 것과는 조금 다르게, 당오는 그에게 좀 더 큰 날개를 달아 줄 모양이었다.

'제자가 아니었군. 그렇다면.'

회남의 탱자가 회북의 귤이 된다.

회남이 단리세가라면, 회북은 당가다.

귤이 마고공 소삼이라면, 탱자는……

"너는 당가의 성을 받을 생각이 있느냐?"

당씨 성이었다.

당오가 동봉수에게 원하는 건, 그의 제자가 되는 정도가 아니라, 아예 당가의 일원이 되기를 원하는 것이었다.

"할아버지! 이런 중대한 문제를 장로들의 동의 없이 혼자서……"

당오의 입에서 예상했던 말이 기어이 쏟아지자, 당화가 당황하며 말했다.

그러자 당오가 당화를 보며 희미하게 웃으며 입술을 달싹였다. 그러면서 용봉금침을 들어 보였다.

둘은 동봉수가 둘의 대화를 듣지 못한다고 생각하고 편안하게 전음입밀(傳音入密)의 방식으로 비밀 이야기를 나눴다.

하지만 말이다.

그건 정말 동봉수를 모르고 하는 행동이었다.

사람이란 듣지 못한다고 '엿듣지' 못하는 건 아니다. 듣지 못해도 눈으로 대화를 '읽는' 일이 가능한 사람들이 있다.

독순술(讀脣術).

동봉수는 당오의 입술 모양만으로도 둘이 어떤 얘기를 나누는지 다 읽어 내고 있었다.

당화는 면사를 쓰고 있어 무슨 말을 하는지 알 수 없었지만, 어차피 모든 중요한 이야기를 당오가 말하고 있었다.

당오의 입술 모양만 분석해도 당화가 무슨 말을 하고 있는지 알 수 있었다.

결국 동봉수는 왜 당오가 자기에게 당씨 성을 주면서까지 끌어안으려는지, 그리고 용봉금침을 왜 꺼냈는지까지 모조리 알아낼 수 있었다.

'그런 거였나?'

동봉수는 눈에 한 꺼풀 보호막을 씌운 채, 그 뒤에서 둘 사이에 오간 대화를 계속 분석해 나갔다.

어느 순간부터는 당오가 모르는 것까지 꿰뚫게 되었다.

아니, 애초에 당오는 볼 수 없다고 하는 것이 좀 더 정확한 표현이리라.

반인반캐.

동봉수는 완전한 게임 캐릭터는 아니지만 신무림 온라인의 시스템하에 있음으로 해서, 인간도, 그렇다고 게임 캐릭터도 아닌 이상한 몸을 가지게 되었다.

그로 말미암아, 평범한 사람과 정말 다른 신체 구조로 되어 있었다. 이것 때문에 생긴 오묘한 신체의 변화가 당오를 매료시켜 지금과 같은 일까지 벌이게 한 것이다.

당오가 지금 동봉수의 체질에 대해 이런저런 분석까지 하면서 당화에게 얘기하고 있었지만, 결론은 '모른다' 였다. 모르면서 자기 멋대로 해석하고 있었다.

동봉수는 속으로 웃으면서 자신의 다음 행동 패턴까지 만들어 내고 있었다.

상대가 멋대로 해석해 준다면 고마운 일. 그에 맞춰서 연극을 해 주면 상대는 알아서 그 연극에 맞춰 배우로서 훌륭한 연기를 소화해 낼 테니까.

정말 소름 끼치게 무서운 능력이다.

당오는 전음으로 대화를 나누고 있다, 라는 함정과, 동봉수가 그저 벙어리 마고공일 거라는 함정. 이 이중 함정에 빠져 설마 동봉수가 이런 능력까지 있을 줄은 상상도 못하고 있을 것이다.

얼마 뒤, 당오, 당화 둘만의 은밀하지만 은밀하지 않았던 대화가 끝났다.

은밀하다는 건 당오와 당화 둘만의 대화였을 거라는 둘만의 믿음이었고, 은밀하지 않았다는 건 동봉수가 둘의 대화 전부를 읽어 내거나 재현해 냈다는 의미이다.

물론, 그 사실은 동봉수만 알고 있었고 말이다.

당화는 이야기 끝에 당오에게 설득을 당했기에 이제는 더 당오를 말릴 이유가 없었다.

그녀는 더 끼어들지 않고 말없이 뒤로 물러섰다.

그에 당오가 설핏 미소 짓고는, 다시 동봉수를 보며 물었다.

"다시 묻겠다. 너는 당가의 성을 받을 생각이 있느냐?"

동봉수에게는 원래부터 거부할 이유가 없었다.

게다가 이미 당오의 심중에 있는 꿍꿍이까지 전부 안 마당에, 뭐하러 이 좋은 제안을 물리치겠는가.

동봉수는 망설이지 않았다.

조작된 굳건한 눈빛을 보이며 고개를 끄덕였다.

당오는 그 거짓된 표정 뒤에 감춰진 얼굴을 모른 채 만면에 만족한 표정을 지었다.

"좋다. 하나 너는 아직 온전히 당가의 일원이 된 건 아니다. 당가에 가서, 당가 장로들과 가주 앞에서 네가 당씨

성을 가질 만한 가치가 있는 사람이라는 것을 입증해야 한다. 어쩌면 그 과정에서 죽을 수도 있다. 그래도 하겠느냐?"

죽을 정도로 괴로울 수도 있다, 에서 한 단계 더 나간, 죽을 수도 있다, 로 바뀌었다.

하지만 동봉수는 여전히 거부할 생각이 없었다. 죽지 않을 걸 알고 있었으니까.

만약 당오가 전음입밀로 당화에게 한 말이 모두 사실이라면 당가의 누구도 그를 거부하지 않을 것이다.

아니, 못할 것이다. 차후에 계략을 꾸며 위험에 빠뜨리려 할지는 몰라도 그가 당가로 들어가는 걸 막지는 못할 것이고, 막을 이유도 없었다.

그만큼 당오의 전음입밀에 담긴 내용은 대단했다.

동봉수 스스로도 자신의 신체에 그런 비밀이 있을 줄은 미처 몰랐다.

그는 다시 한 번 이 신무림 온라인에 재미를 느꼈다. 단 한순간도 방심할 수 없고, 단 한 가지도 놓칠 수 없는, 동봉수에게 맞춰진 그런 '게임'이 바로 이 신무림 온라인이었다.

그의 입가에 오랜만에 미소가 지어졌다. 그 끔찍한 미소에서 당오는 '소삼'의 진심을 느꼈다.

동봉수의 진심과 당오가 느끼는 '소삼'의 진심은 비록 달랐지만.

진심은 진심이었다.

냉정한 당오와 열정적인 동봉수의 눈빛이 허공에서 강렬하게 뒤얽혔다.

잠시 뒤.

당오가 마침내 완전히 결심을 한 듯 선언했다.

"너는 이제 단리세가의 마고공이 아닌, 사천제일가(四川第一家) 당문의 사람이다."

그걸로 동봉수는 이제 마고공이라는 껍질을 벗었다.

"이제 대법을 시행할 것이다. 쥬비가 되었느냐?"

동봉수가 다시 한 번 고개를 끄덕이자, 당오가 동봉수의 뒤에 서 있는 당화에게 눈짓으로 신호를 줬다. 호법을 서 달라는 의미였다.

당화는 고개를 숙여 긍정을 표하고는 방을 나섰다.

대법의 시행 중에 다른 사람이 난입을 하게 되면, 주화입마(走火入魔)에 빠져 위험해질 수도 있었다. 그에 호법을 서 다른 사람들의 접근을 막으려는 것이다.

이제 둘만 남게 된 상황에서 당오는 동봉수에게 다가왔다.

"이제 나는 네게 개정대법(開頂大法)을 시행할 것이다. 이 개정대법이 너의 머리를 맑게 해 주고 네 막힌 말문을 터 줄 터. 이제부터 너는 눈을 감고, 무슨 일이 있어도 절대로 움직여서는 안 되느니라. 알겠느냐?"

동봉수는 지금 당오가 자신에게 펼치려는 것이 개정대법

만이 아니라는 걸 알고 있었지만, 별로 개의치 않았다.

어차피 자신도 당오를 이용하는 것이고, 당오도 자신을 이용하는 상황이다.

다만, 그는 이미 당오가 무슨 생각을 하고 있고 지금 당오가 그에게 무슨 일을 하려는지 알고 있고, 당오는 그가 그 모든 것을 알고 있다는 사실을 모르고 있는 것이었다.

그걸로 이미 둘 사이의 게임은 끝이 난 상태였다.

포커 게임에서 상대의 패를 알고, 내가 완벽한 포커페이스를 가지고 있다면?

이미 게임 오버. 반전은 없다.

상대는 그 존재하지 않는 반전을 노리며 이길 수 있다는 실낱같은 희망에 몸을 맡기고 게임을 지속할 뿐.

하지만.

게임은 시작하기 전부터 이미 동봉수의 승이었다.

당오가 용봉금침의 곽을 열었다. 곽 안에는 그 이름에 어울리게 침 하나하나에 용과 봉이 정교하게 새겨진 수백 개의 금침이 들어 있었다.

그 길이와 굵기가 각각 다른 것이 침 각자의 용도가 다른 듯 보였다.

동봉수는 용봉금침을 한 번 슥 보고는 가만히 눈을 감았다. 그리고 곧 명상에 빠졌다. 그에게 익숙한 무의 세계로 서서히 빠져들어 갔다.

"후—"

당오는 크게 한숨을 내쉬며 천천히 격공섭물의 수법으로 용봉금침을 허공에 띄웠다.

사실 당오는 지금 그의 생애 최고로 긴장한 상태였다.

남궁세가의 혼사 핑계로 오랜만에 강호로 외유를 나왔다가, 봉양에서 믿을 수 없는 인재를 '거저주웠다'.

전륜성제상(轉輪聖帝相), 천양신무지체(天陽神武之體), 천맥지체(天脈之體), 구품성골(九品聖骨), 천무심맥(天武心脈), 자하공령신체(紫霞空靈神體), 우주성곧(宇宙聖骨)……

세상에는 무공을 익히기에 뛰어난 신체를 일컫는 여러 가지 말들이 있다.

그것들 모두 십 년에 한 번이니 백 년에 한 번, 혹은 천 년에 한 번 나온다는 식의 수식어가 따라다닌다.

하나 당오는 오늘 그런 수식어가 소용이 없는 신체를 가진 인재를 만났다.

바로 지금 그의 앞에 앉아 있는 소삼이라는 이름을 가진 마고공이었다.

당오는 눈에 힘을 주고 다시 한 번 소삼을 바라봤다. 소삼은 지금 눈을 감고 무념무상에 빠져 있었다.

완벽했다. 그가 생각을 하지 말라고 말하는 순간, 소삼은 이미 머릿속에서 완전히 생각을 지웠다는 뜻이다.

당오의 입가에 다시금 웃음이 걸렸다.

십 년? 백 년? 천 년에 한 번 나오는 인재? 그런 게 다 뭔가?

저 녀석은 무림이 그 역사를 시작한 이래, 처음으로 태어난 신체를 가지고 있다.

알려진 신체들에 비해 눈에 띄지는 않지만, 최고의 재질 중 하나임이 분명하다.

무혈지체(無穴之體).

소삼에게는 인간이라면 누구나 있어야 할 혈(穴)과 도(道)가 없었다.

처음 그가 소삼을 봤을 때는 그걸 눈치채지 못했다.

그저 무공을 익히지 않은 평범한 몸이라고 생각했었다. 그런데 다시 봤을 때, 그게 아니라는 걸 깨달았다.

소삼의 몸은 너무도 '고요'했다.

아무리 무공을 익히지 않은 사람이라 해도 그 몸 안에는 최소한의 기가 있어 그것이 자연스레 혈도를 따라 흐르기 마련이다.

그런데 소삼의 몸에는 그런 흐름이 전혀 없었다.

무(無).

그냥 아무것도 없었다. 마치 사람이 아닌 것처럼 말이다.

만약 그가 당문의 고수가 아니었다면, 한 번 보는 것만으로 알아채지는 못했을 것이다. 이런 특징들은 모두 강시에서 나타나기 때문이다.

강시를 만들 수 있는 무림문파는 당문과 더불어 천마성

의 혈루(血樓)밖에 없다.

그러나 설사 당문이나 혈루의 고수라 할지라도 강시를 만들어 보지 않았다면 소삼의 특징을 알아채지는 못할 터.

하지만 당오는 당문에 전해진 모든 무공과 잡술(雜術)에 조금씩이라도 발을 담그고 있었다. 강시술(僵尸術)도 당연히 그중 하나에 포함되어 있었다.

강시 제조의 기본은 인위적으로 시체의 혈도를 모두 막는 것이다.

그 때문에 기의 흐름이 모두 끊긴다. 이는 생기의 흐름을 막고, 사기의 흐름을 이어 주기 위함이다.

그런데 이와는 다르게, 소삼은 막히거나 막은 것이 아니라, 애초에 날 때부터 혈과 도가 없었다.

길이 없다는 건 만드는 대로 길이 된다는 뜻.

가고 싶은 데로 마음대로 갈 수 있다는 뜻도 된다. 그게 진기가 되었든 뭐가 되었든.

당화도 그의 이 이야기를 듣고는 쉽게 뒤로 물러섰다.

그녀가 보기에도 무혈지체는 다시없을 대단한 재질이었던 것이다. 아마 현 무림에서 맞상대할 재질을 가진 자는 손에 꼽거나 없을 터였다.

하지만 또 모른다.

천살지성(天煞之星)이나 위신지성(爲神之星)을 타고난, 또 다른 인재가 있을지도. 그런 운명을 가지고 태어난 이들은 타고난 자질과 상관없이 무림을 위험에 빠트리거나 구할 운명을 가지게 된다.

어쩌면 이 소삼이 천살지성이나 위신지성을 타고났을 수도 있다.

그에 대한 검증은 그가 할 수 없는 문제였다. 비록 자신의 눈으로 동봉수의 눈 깊숙이 숨어 있는 정기와 총기를 읽을 수 있었지만, 확신할 수는 없었다.

재질 이외의 것에 대한 입증과 검증은 세가로 돌아가면 장로들이 그를 대신해서 해 줄 것이다.

일단은 이 소삼을 당가로 끌어안으면 그만이다.

만약 이 아이가 천살성을 타고났다면 당가에서 처리하면 된다.

큰 문제가 아니다. 그렇게 된다면, 당가는 천살성이 제대로 발현되기 전에 처리했다는 명성을 얻을 수 있다.

또, 위신성을 타고났다면 그 자체만으로도 당가는 큰 명성을 얻고 정파 무림의 중심이 될 것이다.

둘 중 어느 것도 아닌, 그저 무혈지체의 주인이라면 그것도 좋다.

그 재질만으로도, 지난 수백 년간 그 형(形)만이 남아 전해지는 만천화우를 다시 복구할 수 있을 테니까.

만천화우가 수백 년 만에 강호에 재림한다면 무림제호(武林諸豪)들은 당가의 이름 앞에 고개를 숙이게 되리라.

한마디로, 소삼이 천살성을 타고났다면 명성을, 위신성을 타고났다면 가문의 영광을, 이도 저도 아니라도, 소삼의 무혈지체만으로도 당가의 부흥은 예약된 상황이었다.

당오는 당가의 조상들이 그에게 당가 부흥의 길을 열어 주기 위해 그를 봉양으로 보낸 것이라고 여겼다.

'내 손끝에 당가의 미래가 달려 있다!'

그렇게 생각하자, 더 긴장이 되는 당오였다.

파파팍!

팽팽하게 당겨진 당오의 손이 드디어 움직임을 개시했다.

신중하지만 날카로운 동작이었다. 마침내 당가 비전의 개정대법이 소삼, 아니, 동봉수의 몸에 펼쳐지기 시작한 것이다.

개정대법을 시행하기 위해, 당오는 동봉수의 몸에 용봉금침으로 임의적으로 혈도를 만들어야 했다. 길이 없으니 길을 만드는 작업이 선행되어야만 하는 것이다.

당오의 손이 빠르게 허공을 갈랐다. 그 손길에 따라 허공에 떠 있던 용봉금침이 동봉수의 몸 이곳저곳에 꽂히기 시작했고, 당오의 기가 침 사이사이를 누비며 길을 만들어 냈다.

중부혈(中府穴)을 지나 소상혈(少商穴), 상양혈(商陽穴)을 관통해 영향혈(迎香穴), 극천혈(極泉穴)에서 소충혈(少衝穴), 소택혈(少澤穴)을 뚫고 청궁혈(聽宮穴), 천지혈(天池穴)을 건너 중충혈(中衝穴), 승읍혈(承泣穴)을 넘어 여태혈(勵兌穴), 은백혈(隱白穴)을 찍고 대포혈(大包穴), 청명혈(睛明穴)을 찍고 지음혈(至陰穴), 용천혈(湧泉穴)을 가로질러 유부혈(俞府穴), 관충혈(關衝穴)을 때리고 사죽공혈(絲竹空穴), 동자료혈(童子髎穴)을 긁고, 족규음혈(足竅陰穴), 대돈혈(大敦穴)을 꿰뚫고 기문혈(期門穴)까지.

마침내 음양오행에 따른 모든 십이경맥혈(十二經脈穴)에 길이 뚫렸다.

그때부터 본격적인 개정대법이 시행되었다.

파파팍!

당오의 손과 용봉금침이 동봉수의 온몸 곳곳을 누볐다.

그는 개정대법을 진행하면서 더욱더 무혈지체의 대단함을 느끼고 있었다.

임시로 만든 혈도를 따름에도 불구하고 기혈의 흐름에 막힘이 일절 없었다. 막히기는커녕 보통의 무림인보다 몇 배는 빠르게 기가 흐르는 듯했다.

그는 흥분했고, 점점 개정대법에 빠져들었다. 그렇다고 이성을 완전히 잃은 것은 아니었다.

아직 그가 해야 할 중요한 일이 남아 있었다.

개정대법의 말미에 접어들었을 때, 당오는 용봉금침 곽 바닥 어딘가에 붙어 있는 단추를 눌렀다.

그러자 바닥이 열리며 곽 안에 숨겨져 있던 공간이 드러났다.

그 안에는 새까맣고 작은 깨알 같은 것들이 잔뜩 들어 있었다. 그런데 자세히 보면 그 작은 것들이 기어 다니고 있었다. 깨알이 아닌, 벌레였던 것이다.

그건 바로 만독고(萬毒蠱)라는 극세충(極細蟲)의 일종이었다.

만독고는 당가에서 비밀리에 개발한 고인데, 여러 가지 고를 섞어서 개량된 품종의 고에 만 가지 독을 투여해서 만들어 낸 특종(特種)이었다.

만독고는 숙주의 단전에 자리를 잡은 후, 내부에 독이 침투하면 그 독을 모두 먹어 치우는 특성을 가졌다. 그래서 굳이 독에 대한 내성이 없는 사람이라 하더라도 이 만독고를 몸에 품는다면 만독불침지체(萬毒不侵之體)가 되는 것이다.

하지만 만독고는 만들어진 지 얼마 지나지 않아 곧바로 사장되었다.

그 이유는 그 사용의 위험성 때문이었다.

만독고는 개미나 꿀벌처럼 군집 생활을 하다가 숙주를 만나 그 군집체가 깨어지는데, 이때 여왕만독고를 몸에 품고 있는 사람이 그 군집의 나머지 만독고를 몸에 품고 있는 모든 사람들을 통제할 수 있었다.

이 말인즉슨, 만약 여왕만독고를 몸에 품은 자가 나쁜 마음을 먹고 당가를 위험에 빠뜨린다면 당가는 회생 불능의 길을 걸을 수도 있다는 뜻이었다. 그래서 그 위험성을 안 당가인들은 만독고를 개발해 놓고도 그대로 만독고를 묻어 버렸다.

그런데 실전된 줄 알았던, 그 만독고가 지금 당오의 손에 있는 것이다.

당오가 개정대법이 거의 끝 나갈 지금 이 시점에서 이 만독고를 꺼낸 이유는.

그렇다. 동봉수를 금제하기 위함이었다.

소삼과 같은 인재를 우연으로라도 다른 곳에 빼앗기기 싫은 것도 있었고, 그를 완벽히 자기 사람으로 만들기 위함이었다.

하지만 그가 모르는 것이 있었으니.

동봉수는 이미 이 사실을 모두 알고 있었다.

동봉수는 알면서도 당오의 제안을 모두 수용했고, 지금 만독고의 수컷 한 마리를 몸 안으로 받아들이고 있었다.

왜냐하면, 그는 원하는 때에 언제든지 고를 죽일 수 있었기 때문이었다. 인벤토리 신공은 몸 안에서도 똑같이 적용된다. 이건 최근에 알아낸 사실이다.

인벤토리로 여러 가지 물건을 꺼냈다가 넣었다가 할 수 있다면, 그 범위는 어떻게 되는가에 대한 고민에서부터 도출해 낸 결과였다.

과연 몸속의 빈 공간으로도 인벤토리 신공이 통용이 되는가?

결과는 '가능하다' 였다.

고로, 동봉수는 몸 안에 자리 잡은 고가 어디 있는지만 알면 몸 안으로 세침과 같은 작은 무기를 뿜어내서 언제든지 고를 터트려 죽일 수 있었다.

그 사실을 당오는 모르고 있었고, 스스로는 동봉수를 완전히 통제할 수 있을 거라고 믿고 있었다.

당오는 만독고 한 마리를 동봉수의 귀에 넣었다.

스멀스멀.

마치 개미가 모래 안으로 파고들 듯, 만독고 수컷 한 마리가 동봉수의 귓속으로 사라졌다.

동봉수는 가만히 앉아 개정대법으로 인해 새롭게 몸에 쌓이는 기운을 느끼고 있었다.

그는 단순히 기를 받아들임으로써 기가 어떻게 몸속에 흐르는지 흘러야 하는지를 파악하고 있었다.

그 과정에서, 개정대법과 만독고의 침투로 인한 고통이 끔찍했지만, 물아일체(物我一體)가 된 동봉수는 서서히 고통을 잊어 갔다.

길지 않은 시간이었지만, 동봉수는 더욱 괴물로 진화하고 있었다.

몇 시진 후, 새벽닭이 울고 드디어 개정대법이 끝이 났다.

지친 당오의 얼굴에 만족한 미소가 맺혀 있었다. 그가 동봉수를 내려다보며 말했다.

"눈을 떠 보거라."

동봉수가 천천히 눈을 떠 당오를 바라봤다. 그의 눈에는 둔한 기운이 완전히 걷혀 있었고, 어떤 면에서는 현기가 도는 듯한 느낌도 있었다.

"네 이름은 마인들을 풀 베듯 베라는 뜻에서 당삼(唐芟) 이라고 지었다."

"네."

동봉수의 입에서 어눌한 목소리가 흘러나왔다.

당오나 다른 사람이 듣기에는 오랫동안 말을 잃었던 것 처럼 느껴져야 했고, 적당했다.

당오는 모든 일이 제대로 이루어졌다고 생각하고는 만족 한 미소를 지었다.

그에 동봉수도 마주 미소 지었다. 물론, 그의 웃음도 모 든 일이 제대로 이루어진 데에 대한 웃음이었다.

둘 중의 누구의 일이 성공했는지는 말하지 않아도 자명 했지만 말이다.

비로소 동봉수는 소삼이라는 껍질을 완전히 벗고 당삼이 라는 새로운 날개를 얻었다.

비록 무림의 누구도 그 위험성에 대해서 눈치채지는 못 했지만.

오늘은 괴물이 작은 날개를 달고 비상의 준비를 시작한 날이다. 어디까지 날아오를지, 혹은 날지 못하고 그대로 꼬 꾸라질지는 앞으로 두고 볼 일이다.

* * *

(수정) 신무림 온라인 제2법칙 : 신체 어느 부위(추가 : 신체의 내외를 가리지 않는다)와 직접적으로 맞대고 있는 어떤 물건이라도 인벤토리 안에 넣을 수 있다.(단, 그 크기가 인벤토리보다는 작아야 하며 살아 있는 생물이 아니어야 한다)

추가 : 한 번에 하나씩만 넣었다가 빼낼 수 있는 것이 아니라, 수련에 의해 그 개수가 더 늘어날 수도 있다.

※여전히 이 모든 법칙은 정해진 것이나 확실한 것이 아니다.

외전 1

싸이코패스의 탄생

絶
世
狂
人

좋은 사람이라는 건 단지 스쳐 지나갔을 때나 할 수 있는
이야기다. 평생을 두고 봤을 때 좋은 사람이란 이 세상에
없다.

— 한니발 렉터(Hannibal Lecter), '양들의 침묵
(The Silence Of The Lambs)'에서

*　　*　　*

나는 어렸을 때부터 남달랐다.
김양숙 씨는 내가 태어났을 때 울지 않고 주변만 두리번
거리길래 깜짝 놀랐다고 한다.

울게 하려고 내 엉덩이를 한참을 두들겼는데, 결국 울지 않아서 꼬집었다고 한다. 그제야 나는 아파서 울었다고.

10개월 후.

나는 드디어 말을 하기 시작했다.

그때에도 나는 다른 아이들과 차별화된 아이였다. 내가 처음 한 말은 엄마나 아빠, 찌찌 등의 짧은 단어가 아닌, 엄마 밥 줘, 라는 완성된 문장이었다.

엄마인 김양숙 씨는 그때 내가 다른 아이들과 다르다는 걸 확실하게 깨달은 모양이었다.

그 때문에 나는 어렸을 때부터 영재 교육이니 뭐니 하면서 여러 가지를 배울 수 있었다.

하지만 그 진도는 다른 아이들과 크게 다르지 않았다. 실제로는 다 익히고 내가 좋아하는 개미 싸움 붙이기를 하고 있었지만, 겉으로는 여전히 익히고 있는 척을 했다.

아마 나는 그 시기에도 본능적으로 알고 있었나 보다.

튀는 행동이 이롭지 않다는 걸 말이다.

다시 시간이 흘러, 나는 어느덧 다섯 살이 되었다.

김양숙 씨의 극성스러운 영재 교육은 이제 거의 끝이나 나는 정상적인 성장기를 겪고 있었다.

동네 아이들과 딱지치기, 구슬치기, 땅따먹기, 여러 가지 게임기를 가지고 놀았다.

그중에서 내가 제일 좋아했던 놀이는 곤충이나 파충류, 양서류 등을 잡아 그것들을 데리고 노는 것이었다.

개미, 잠자리, 매미, 풍뎅이, 장수하늘소, 사마귀, 각종 메뚜기와 여치, 개구리, 도롱뇽, 올챙이 등.

아이들의 엄마들이 대부분 그런 것들을 싫어했기에, 그 것들을 보관하는 것은 언제나 내 몫이었다.

김양숙 씨는 나만 괜찮다면 그런 것들에 별로 신경을 쓰 지 않았다.

나는 주로 내 방에서 그것들을 가지고 놀았다.

그러던 어느 날 아침, 김양숙 씨가 내 방에 들어왔다가 그것들이 보이지 않자 내게 물었다.

"어? 봉수 너, 어제 애들이랑 같이 잡은 벌레들 다 어쨌 니? 그런 거 함부로 쓰레기통에 버리면 안 되는데?"

하며 내 방의 쓰레기통을 뒤졌다. 하지만 그곳에 있을 리 가 없었다.

"먹었어."

아마도 그렇게 대답했던 것 같다. 틀린 말은 아니었으니 까.

그 말에 깜짝 놀란 김양숙 씨가 나를 막 혼냈다.

그런 걸 함부로 먹으면 안 된다고. 심지어 저녁에 집에 돌아온 아빠한테도 일러서 나는 크게 혼이 났다.

사실 내가 먹은 건 개구리뿐이었다. 나머지는 자기들끼 리 싸움을 붙였다. 서로 죽고 죽였다.

결국, 살아남은 것이 개구리였고, 나는 그저 개구리를 먹 었을 뿐이다. 결과적으로 모두 먹은 게 되었지만.

나는 개구리보다 내가 강하다는 걸 증명했지만, 부모보다는 아직까지 약한 존재였다.

그때 나는 깨달았다.

남들, 특히 나보다 강한 사람들이 보는 데서 내가 좋아하는 걸 하면 안 된다는걸.

다시 시간이 흘렀다. 나는 건강하고 훌륭하게 커 나갔다.

부모의 속을 썩이지도 않고, 선생들의 눈에 벗어나는 일도 없었다.

오히려 어렸을 적의 나는 누구나 인정하는 모범생이었다.

김양숙 씨는 어딜 가든 내 칭찬을 했다.

공부 잘하고 착한 아들.

선생들도 수시로 내 머리를 쓰다듬으면서 칭찬을 했다.

어디 내어놓아도 칭찬을 받을, 엄친아.

그것이 당시의 나, 동봉수였다.

그렇게 하면 내가 좋아하는 짓을 해도 사람들이 실험 정신이 투철하다는 식으로 알아서 해석해 주거나 수월하게 이해해 줬기 때문이었다.

하지만 공부 잘하고, 칭찬을 받는 엄친아는 부모들에게는 몰라도 친구들에게는 적개심을 끌게 되기 마련이다. 그때 나는 그걸 몰랐다.

아마 중2 때였을 것이다.

내가 동네에서 떠돌던 개와 고양이 몇 마리를 몰래 데려다가 싸움을 붙였다.

그리고 그 죽은 개와 고양이를 몰래 학교 화단에 묻다가 아이들에게 걸렸다.

그 일로 나는 왕따를 당하게 되었다.

그 이후, 남은 중학 시절 동안 취미생활과 실험을 하기가 어려워졌다.

나는 그때 또 하나를 깨우쳤다.

나보다 강한 사람뿐만 아니라, 강하지 않은 녀석들에게도 잘 보여야 하고, 내 취미생활을 숨겨야 한다는걸.

다시 세월이 지나, 나는 고등학생이 되었다.

그때의 나는 꽤 평범해졌다. 적어도 겉으로는.

성적도 평범했고, 특별히 잘하는 것도 없는, 어디 내놓아도 눈에 띄지 않는 그저 옆집 고딩. 그게 나, 동봉수였다.

하지만 여전히 평범하지 않은 것이 있었다.

이상스럽게 여자들이 나를 좋아하고 따랐다. 처음에는 이유를 알 수 없었다.

결국, 나는 귀찮음을 무릅쓰고 그중 한 명과 사귀었다. 그리고 어느 날 물었다.

"왜 날 좋아하지?"

"어머! 얘 좀 봐? 그런 걸 부끄럽게 어떻게……?"

그렇게 말하길래 나는 그녀가 좋아하는 걸 해 주고 절정에 이른 그녀에게 다시 한 번 물었다.

"왜 날 좋아하지?"

그녀가 할딱이며 비로소 내가 원하는 답을 줬다.

"글쎄…… 네가 평범하지 않아서…… 랄까?"

"그게 무슨 뜻이지?"

"넌 어딘가 달라 보여. 평범한데, 어딘가 평범하지 않아 보인달까?"

그때 나는 새로운 깨달음을 얻었다.

나는 가만히 있어도 평범하지 않다는걸.

그래서 그때부터 인위적인 보호색을 띠기 시작했다.

남들이 다하는 운동을 하고, 남들이 보는 TV프로를 보고, 남들이 웃을 때 따라 웃고, 남들이 울 때 따라 울었다.

그리고 어느 순간부터 사람들이 나를 보고 이렇게 말하기 시작했다.

"봉수 씨. 당신 참 좋은 사람이야."

"봉수야. 고마워."

"봉수 씨. 수고 좀 해 주세요."

"봉수 씨……."

"봉수……."

"봉……."

나는 어느 순간 좋은 사람이 되어 있었다.

어떤 사람도 거리낌 없이 나를 대했다. 남자들은 나를 그저 동료나 친구로서 좋아하게 되었고, 여자들은 그냥 직장 동료나 학교 선배, 오빠 등으로 나를 인식하게 되었다.

그때 나는 마침내 깨달았다.

그제야 진정한 보호색, 평범함이라는 걸 얻었다는걸.

이제는 카멜레온처럼 어딜 가든 내가 의식하지 않아도, 나는 '좋은 사람, 평범한 사람'으로 변해 있었다.

나는 드디어 사람들의 눈을 완전히 벗어나게 되었다.

그때가 되어서야 나는 진정한 나를 되찾을 수 있었다.

참으로 긴 시간이었다.

이제는 참고 참았던 욕망을 분출할 때다. 곤충이나 동물 따위가 아닌, 진짜 사냥감에게.

그 앞에서만 나는 보호색을 해제하고 진짜 나로 돌아갈 수 있었다.

「절세광인 2권 계속……」

도서출판 뿔미디어 홈페이지 OPEN!!

안녕하세요.
지금껏 저희 뿔미디어를 응원해 주신
독자님들의 성원에 힘입어
이번에 새롭게 홈페이지를 오픈하였습니다.

저희 뿔미디어는 홈페이지에서 독자님들께서
보다 빠른 출간 소식과 미리보기 등
알찬 내용을 제공하기 위해 많은 노력을 기울였습니다.
또한 독자님들에게 도서 할인, 이벤트 등
다양한 혜택을 제공하고자 합니다.

저희 뿔미디어 홈페이지 오픈을 계기로
한층 더 독자님들과 가까워질 수 있는 기회가 되었으면 합니다.

보다 많은 관심과 사랑 부탁드리며,
앞으로도 더 좋은 컨텐츠 제공에 힘쓰도록 하겠습니다.

감사합니다.

-도서출판 뿔미디어 올림-

 www.bbulmedia.com

www.bbulmedia.com